UNE SECONDE VIE

FRANÇOIS JULLIEN

UNE SECONDE VIE

BERNARD GRASSET
PARIS

ISBN 978-2-246-86339-7

Tous droits de traduction, de reproduction
et d'adaptation réservés pour tous pays.

© *Éditions Grasset & Fasquelle, 2017.*

À qui sait lire une seconde fois

Avertissement

De derrière ses pensées, en fait de derrière tout le reste, un personnage de roman moderne, s'il est déjà avancé dans la vie, voit s'immiscer cette question de façon insidieuse, quand il tire le rideau de sa fenêtre, quand il regarde la maison d'en face et la rue. Elle fait trou parmi ses songeries du petit matin : pourquoi est-ce que je continue de vivre ? Cette question, un jour, lucide, il ne peut plus l'éviter. Même si elle n'avait pas eu un si piètre mari, Emma se la serait posée. Il est vrai qu'une telle question, ou plutôt ce qui est la *question, triviale et brutale comme elle est, on peut se hâter de l'enfouir, de l'endormir sous les préoccupations du jour. Mais elle rôde, on la porte avec soi. Le romancier des temps précédents (Stendhal encore) avait beau jeu d'exécuter ses personnages, de s'en débarrasser d'une façon ou d'une autre, ou simplement en n'achevant pas son roman, quand il ne savait plus qu'en faire : quand ils avaient vécu*

Une seconde vie

la découverte de la vie ; qu'ils avaient suffisamment tâté de l'amour et de l'ambition ; qu'ils avaient percé bien des illusions et acquis par trop de lucidité. Mais à cette facilité du romanesque nous ne nous laissons plus aller. Et, de plus, on n'est pas le romancier de sa propre vie.

Nous n'appartenons plus, en effet, à cet âge où le questionnement philosophique pouvait se distribuer, à distance suffisante du sujet, en plans qui se juxtaposent sans plus d'écarts et se coordonnent : ce que je peux « savoir » – ce que je dois « faire » – ce que j'ai le droit d'« espérer ». La connaissance, la morale, la croyance en l'immortalité ne se constituent plus en fins qui se croient universelles et d'emblée légitimes. Car la science est désormais prise de doute quant à ses usages, la vertu est devenue suspecte jusqu'en ses origines, elles qu'on croyait sacrées, et la foi peine à créditer quelque Au-delà, qu'il soit de l'Histoire ou du Salut. De là que nous soyons passés, par un renversement silencieux encore insuffisamment sondé, d'une morale de la prescription *– celle des règles de la raison, des impératifs de la conduite ou du dogme – à une éthique de la* promotion. *Notre interrogation s'est repliée sur la capacité humaine à déployer la vie en* existence. *Mais que signifie « exister » si, le soutirant de la pensée de l'être pour en étayer la pensée du vivre, j'en fais le verbe moderne, le terme décisif autour de quoi tout tourne ?*

Une seconde vie

C'est de lui qu'émerge cette pensée du petit matin : est-ce que je saurai me détacher de ma vie précédente – de ma vie enlisée en son monde – pour débuter un nouveau jour ? Ou pour éclairer cette question dans sa condition : est-ce que je suis parvenu, à ce jour, à tirer parti de ma vie passée pour, revenant sur elle et m'en décalant, ne plus répéter ma vie, mais la « reprendre » : pour pouvoir réformer ma vie et commencer enfin effectivement d'« exister » ?

Cette interrogation, il est vrai, on peut la maintenir au niveau de l'actuel marché du développement personnel et du bonheur, en vue de s'y rassurer à moindres frais. On peut la garder dans le cadre des banalités bien rabotées de la sagesse, y quêtant une résignation plus ou moins enjouée. Mais on peut aussi vouloir l'affronter philosophiquement pour y chercher une issue plus audacieuse, autant dire qui soit inventive.

Ce que je proposerai ici en développant le concept de seconde vie.

I – Nouveau début ?

Nous n'avons qu'une vie, c'est bien là l'évidence. Nous ne pouvons sortir de notre vie et y rentrer. À peine a-t-on pris conscience de soi-même qu'on se trouve enfermé dans cette partie continue qui nous conduit d'acte en acte, d'heure en heure, de sommeil en réveil, sans césure ni interruption, sans entracte et sans intermède, sans halte même, sans pause – sans « touche » : dans cette partie, on reste sans dehors d'où l'on pourrait réintégrer sa place. D'une traite on va de l'essor de la jeunesse à son épuisement : « une vie ». Nous n'avons pas de vie de rechange ou de remplacement. On ne peut remettre en jeu la vie comme un dé qu'on relance, disait Antiphon, comme on peut retirer et replacer un pion sur l'échiquier, *anathesthai ton bion ouk estin*. La vie ne peut être rejouée, elle n'est pas une partie qu'on peut recommencer. C'est pourquoi on doit s'investir tout entier dans l'instant présent, conclut le Moraliste, cet instant ne pouvant revenir, et se garder de reporter. C'est pourquoi on ne peut pas différer de vivre, en ne faisant toujours que s'y préparer, renvoyer à demain sans jamais vivre. — Ou bien, sinon, il y aurait l'« autre vie », dont celle-ci n'est effectivement que la préparation et l'anticipation douloureuse : la vie dans l'au-delà, la « vraie vie », *vera vita*, au « paradis », la vie qui compense et qui récompense, celle dont on est en attente, que promet la Croyance et dont la mort est l'entrée. Un rideau se lèverait alors et la vie pourra débuter…

Or je me séparerai ici tant de l'un que de l'autre, tant de cette Croyance que de cette « évidence », pour me demander si une « seconde » vie n'est pas possible et même à portée. Pour me demander si un nouveau début ne peut avoir lieu dans la vie, mais sans qu'on ait à invoquer d'Ailleurs ni d'espérance ; sans céder à la tentation d'introduire quelque rupture d'expérience impossible à légitimer : celle-ci briserait la processualité qui fait le cours de la vie et à laquelle seule, par conséquent, je peux me fier. Sans retomber dans la vieille mythologie d'un effacement du passé et de la Renaissance. Dans

Une seconde vie

quelle mesure pourrais-je recommencer de vivre, mais dans la continuité même de ma vie ? Cette *seconde* vie ne peut être que cette vie-ci, dès lors qu'il n'est pas d'autre vie, en même temps qu'elle s'en dissocie suffisamment, en se prolongeant, de sorte qu'un nouveau départ puisse s'esquisser : que quelque chose de notre vie puisse se rejouer. Et même de sorte que, dans son déroulement même, notre vie puisse accoucher d'une nouvelle vie qui, par distance prise d'avec la précédente, c'est-à-dire en fait *en s'écartant* de la vie ordinaire, de son ornière, *ektos patou*, est une vie qui peut enfin débuter. C'est-à-dire qui commence d'être choisie à partir de ce qui s'y est laissé déjà discerner. Cette seconde vie est une vie promue où nous commençons *enfin* d'exister.

Cela donc sans qu'intervienne de Coupure proclamée, sans grand événement qui serait surgi de l'extérieur ni conversion. Sans chute de cheval qui, un jour, ait fait toucher au plus près la mort. Sans quelque accident de carrosse suivi de sa révélation : sans que la voiture ait dû heurter le parapet du pont de Neuilly et ait versé – il n'y a point de voile dont on puisse espérer que soudain, sous quelque catastrophe, il se déchire en laissant paraître par-derrière une Vérité. Cette « seconde vie » procède de

Une seconde vie

l'immanence même de la vie, mais d'une vie qui s'est à ce point élaborée, s'est réfléchie et devient concertée, que quelque chose qui la restreignait encore, de soi-même, peu à peu s'est tranché ; qu'une décision sourdement a mûri, s'est étoffée, s'est confortée, sur laquelle on pourra de mieux en mieux se caler pour se détacher quelque peu de soi-même, de l'adhésivité de son passé, et réengager sa vie. Discrètement notre vie se repense, se relance, élague dans ses investissements, dégage de nouveaux possibles, jusqu'à ce qu'on puisse, un jour, capitalisant ces torsions secrètes, acquérir suffisamment de recul pour commencer de réenvisager globalement sa vie et la réorienter : la délester de ce qui l'encombrait, la désamarrer de ce qui la retenait arrimée, confinée, « encalminée », à quai – et lui donner un nouveau départ. Ou ne serait-ce pas plutôt le premier ?

On parlera alors d'une « seconde vie », non pas parce qu'on serait doué soudain d'une « seconde vue », mais parce que de l'intelligence s'est déposé peu à peu dans le regard qu'on porte sur la vie, qu'une clairvoyance nuitamment est venue, au point qu'on perçoit enfin, non pas derrière – par déchirure : la vérité d'un autre ordre qui nous serait cachée – mais *au travers*. Dans la pâte épaisse

Une seconde vie

de la vie, transparaissent alors des cohérences que, auparavant, on n'apercevait pas. C'est-à-dire qu'on se met à distinguer un *filigrane* de la vie rendant visibles, dans ses entrelacs, des configurations plus intérieures qu'on ne soupçonnait pas, et d'abord qu'on ne nous a jamais enseignées (le pouvait-on ?) – ce que j'appellerai *lucidité*. Celles-ci dessinent tout autre chose que ce que l'on percevait au premier abord de la vie, s'étalant sous nos yeux, en même temps qu'elles sont incluses – « comprises » – dans la matière même de la vie et ne s'en détachent pas. Aussi ne dressent-elles pas un autre plan de la connaissance, à part du concret, qui serait d'ordre théorique ou métaphysique, et restent-elles « dans l'élément » (*im Elemente*) de l'expérience, mais cette fois *discernée*. C'est la littérature (le roman) qui d'ordinaire les explicite, et non la philosophie. Comme elles ne sont pas abstraites, elles peuvent donner une nouvelle prise, non pas sur la vie (ce « sur » marquant la distance surplombante d'une extériorité), mais *dans* la vie, c'est-à-dire dans sa trame et dans son épaisseur : *à même* la vie et son déroulement singulier. Car, l'expérience se décantant, l'horizon se transforme, une autre scène *de l'intérieur* apparaît. Non pas qu'un Au-delà se projette, mais des

Une seconde vie

ressources inexplorées, de dessous, d'en deçà, se découvrent. Cette seconde vie ne serait-elle pas quelque chose comme un « second souffle », ou bien disons une seconde chance (*chaance* : la manière dont une fois les dés sont jetés) ? Mais il faudra se demander alors ce que « second » peut signifier.

Car « nouvelle » vie (nouveau départ), que j'ai d'abord avancé, de fait, lui-même n'est pas juste, fait encore trop appel à la représentation et la commodité de la « coupure » – ce n'était là qu'une façon de commencer d'épeler ce dont il s'agit. Car une *nouvelle vie*, celle que l'on appellerait de ses vœux et qui ferait muter d'un coup notre existence, n'est pas possible. Sauf, je l'ai dit, à y projeter la rupture d'une conversion, à « dépouiller le vieil homme », le *palaios anthropos*, et revêtir le nouveau, comme l'a prôné le religieux – mais il faudrait alors accepter le « scandale », pour la raison, d'un tel hiatus et de son arbitraire. Et même quels lambeaux de passé ne traîne-t-on pas toujours avec soi en dépit de la Libération annoncée ? Il n'y a pas de si grand Événement, surgissement, serait-ce sur le chemin de Damas, qui puisse changer radicalement la vie, tout au plus s'agira-t-il d'une inversion. C'est pourquoi n'est toujours possible qu'une *seconde vie*

Une seconde vie

en continuité de celle qu'on nommera rétrospectivement la « première ». Et dont elle se démarque imperceptiblement avant que de s'affirmer. C'est toujours en se soutirant peu à peu de la vie engagée qu'une seconde vie s'extrait progressivement et s'en décale, en même temps qu'elle en découle, rouvrant un nouveau possible : par gestation lente, mutations minimes, détachements à peine apparents ou qui paraissent anecdotiques, mais qui peu à peu se relient, se ramifient, se confortent et coagulent, s'étirent et gagnent en intensité, jusqu'à provoquer de premiers basculements échappant encore largement à notre attention en même temps qu'on commence déjà de les assumer.

On voudrait bien sûr, en chaque fin d'année, croire au Nouvel an, à la « nouvelle année » : à la possibilité d'un « nouveau départ » – cette expression elle-même est si tentante ; à la force de la résolution – révolution – qui pourrait d'un coup tout relancer. C'est « aujourd'hui que je change… » – qui ne l'a pas aussi dit ? Mais tout cet effort et cette bonne volonté n'en font pas moins un vœu « pieux ». Je peux fixer, ne serait-ce que symboliquement, la date de ce nouveau départ, mais en vain. Je peux décréter, comme le Narrateur (d'*À l'ombre des jeunes filles en fleurs*) veut l'écrire à Gilberte, « qu'à partir du 1er janvier, c'était une amitié neuve que nous allions bâtir », « si solide que rien ne la détruirait… ». Je peux croire, comme dans un acte de foi, tout reprendre à zéro et recommencer : « refaire la connaissance de Gilberte comme au temps de la Création », c'est-à-dire « comme s'il n'existait pas encore de passé ». Il n'en reste pas moins l'ancien et lancinant Désir – ce désir même de l'aimer ou, plutôt, le désir qu'Elle m'aime – désir têtu et qui perdure. C'est à partir de lui, de ce socle m'inféodant au passé, que je projette utopiquement la Coupure. On peut donc vouloir, « comme on superpose une religion aux lois aveugles de la nature », poursuit Proust, « essayer d'imprimer au jour de l'an l'idée particulière que je m'étais faite de lui », c'est en vain. Dans ce crépuscule du premier jour, « j'avais reconnu », en passant dans la rue, « la matière éternelle et commune, l'humidité familière, l'ignorante fluidité des anciens jours ». Un moi-sujet, quel que soit son désir d'inscrire du nouveau, et même s'arc-boutant sur son initiative, ne rompt pas cet enrobement ambiant – prégnant, stagnant – du monde ni sa teneur « isotopique » (« humidité », dit Proust). La vie, et d'abord en moi-même, est bien trop adhérante vis-à-vis d'elle-même.

Une seconde vie

On ne peut donc recommencer la partie : croire entamer une « nouvelle vie », rejouer la scène d'un début (premier) – « dé-but » : le premier coup de « dé ». Mais, de fait, y a-t-il eu un *premier* début ? Si la question est : dans quelle mesure peut-on retrouver une initiative dans la vie, en la déprenant de ce qu'elle a été ? – cette interrogation demande d'être reportée elle-même en amont. Ou, si ce « retrouver une initiative » en soi est problématique, avons-nous connu une première *initiative* ? Car, s'il a bien fallu qu'il y ait quelque chose comme un commencement (un *initium*), combien celui-ci a-t-il permis alors d'« initiative » du sujet ? Non seulement, en ce premier temps, un tel « sujet » se trouvait sous influence (de milieu, de langue, d'éducation, etc. : tout ce dont veut s'affranchir le *cogito* de Descartes), mais en « entrant dans la vie », comme on dit, nous étions bien incapables de choisir comment vivre et avons si peu connu l'expérience d'un premier début. Ou, si nous avons bien dû faire alors ce qui s'objectivait en des « choix » (de genre de vie, de métier, d'amour…), nous choisissions pour une si large part en aveugles : non seulement nous ne savions pas ce que nous choisissions, mais surtout nous ne savions pas que nous choisissions. Il n'y a jamais eu ce premier moment

– terriblement abstrait – où nous ayons effectivement commencé de choisir ce que nous « voulions » vivre. Car ces « premiers » choix que nous avons faits n'étaient que rétrospectivement des « choix », étaient plutôt terminaux ; et ce qui nous portait à ces choix – et d'abord qu'il y ait là choix (début) – nous échappait.

C'est donc seulement en un *second* temps que, même si un « nouveau » début, alors, n'est pas possible, quelque chose approchant d'un début peut s'esquisser ; que quelque chose avoisinant un choix peut émerger. C'est seulement par décantation de notre expérience, et distance prise d'avec ce qu'elle ne cesse d'impliquer et d'imposer, d'endiguer, que quelque chose s'autorisant de plus près d'une initiative peut se dégager. Car c'est seulement dans ce qui se détache progressivement comme un second temps possible que, ayant commencé de percevoir en filigrane ce qu'il en était de la vie, c'est-à-dire aussi ayant commencé de discerner des possibles effectifs dans cet élément même de la vie déjà entamée, on peut commencer de revenir sur sa vie et d'engager plus effectivement sa vie. La condition de possibilité d'un si fantomatique début ne commencerait-elle pas de se réaliser

Une seconde vie

qu'à la fin ? Car, au temps du fameux début dans la vie, nous étions sans recul et donc aussi sans conscience de (pour) débuter. Mais, commençant de revenir sur la vie passée, nous nous approchons davantage de cette capacité d'amorcer. Le « nouveau » (« premier ») est utopique (le Début mythique) ; mais le *second*, se *dé*-calant de ce début qui, comme tel, n'a jamais existé, s'est, ce faisant, introduit en sous-main et comme *inter*-calé. Ou, s'il n'est pas de nouvelle vie, c'est dans la *reprise* de sa vie que, corrigeant ce qui peut-être était mal choisi de sa vie, mais surtout se mettant à portée, par le recul acquis, de pouvoir choisir ce qui ne l'a pas été, on peut commencer de se « tenir hors » – *ex-sistere*, dit le latin – *hors* de ce qui conditionnait et contenait sa vie dans des frontières qu'on ne savait même pas qu'on subissait : qu'on pourra commencer de s'extraire de limites qu'on croyait fatalement ou par essence imparties et par conséquent – au sens propre du terme, mais qui sera ici à promouvoir – commencer d'« ex-ister ».

II – Des vérités décantées

J'ai nommé *transformation silencieuse* cette transformation qui chemine sans bruit et dont on ne parle pas – silence des deux côtés. Comme elle est globale et continue, elle ne se démarque pas suffisamment du cours de notre vie pour que, d'abord, on la remarque. Puis, ne cessant de se ramifier et de se conforter, cette transformation, tel un trait d'écume, un jour commence d'affleurer : un résultat se fait jour enfin qui s'impose à notre attention. Et même cet avènement est alors d'autant plus sonore qu'on ne l'a pas perçu précédemment cheminer. Or l'avènement d'une seconde vie, du sein même de la vie, est de cet ordre : de l'infime s'accumulant, un fléchissement s'opère qui nous dévie peu à peu de ce qui apparaît alors rétrospectivement, par le recul pris, une « première » vie. Il faut donc penser

Une seconde vie

ce second départ dans la vie à l'encontre d'une irruption soudaine et de tout ce qui romprait la processualité de l'expérience : c'est par déplacements souterrains se tramant à notre insu qu'une réorientation s'amorce, par propension muette, échappant à l'attention et donc à la volonté. Puis (mais), quand elle s'est suffisamment affirmée, intervient – à partir de tous ces petits décalages émergeant par corroboration à la conscience – la résolution et responsabilité du sujet. Une « réforme » de sa vie peut débuter.

Il ne s'agit donc, à proprement parler, ni d'une mue ni d'une mutation : *mue* est trop continûment organique, tandis que *mutation* rompt l'immanence de ce déroulement. *Maturation* (suivie de sa manifestation : le fameux « il a mûri ») ne rend pas compte non plus de ce qui s'est, non pas rompu, mais fissuré, au sein même de cette processualité, faisant lever un nouveau possible conduisant à ce basculement. L'avènement d'une seconde vie procède par implication de la première en même temps que s'y décèle (descelle), s'en dégageant, une liberté. Une *liberté* ne s'actualise, en effet, qu'autant qu'on se hisse peu à peu et se « tient hors » des conditions imparties, à la fois données et subies, ce que j'appellerai « ex-ister ».

Une seconde vie

Car, d'une part, au fil des années, la cohérence selon laquelle a commencé de se développer hâtivement ma vie, engagée qu'elle était à tâtons, sans avoir pu suffisamment être choisie, laisse apparaître d'elle-même sa limite et, par suite, appelle son dépassement. Logique « primaire » qu'on dira du *besoin* et de la captation, celle de l'ambition et de la possession, c'est-à-dire aussi de la performance exhibée réclamant sa reconnaissance : s'imposer au monde et s'y faire une place. Mais, d'autre part, une seconde vie n'est possible, approchant d'un nouveau départ, que si le sujet, capitalisant la somme de ses dé-coïncidences d'avec cette première vie dans laquelle il est « entré » sans recul ni repères suffisants pour pouvoir de lui-même opter, devient capable – capacité proprement éthique – de s'en décaler, et ce par petits déplacements successifs et jusqu'à retirer ce qui ainsi la « calait ». Au point qu'il peut enfin en « décoller » : de ce qu'il se détache de ses *adhérences* de la première vie, une initiative est la conséquence. Ainsi se déploie un second choix de vie – ou disons choix de seconde vie – qui *devient* le premier choix effectif, lui-même étant si progressif. La « liberté », en effet, n'est pas une donnée première, comme l'a voulu la métaphysique en dédoublant le

Une seconde vie

monde et rompant l'expérience ; mais elle est au contraire, par désolidarisation d'avec la primarité imposée, une acquisition et accession *secondaire* du sujet, celle par laquelle précisément il se promeut en « sujet ».

Car soit on ferme les yeux sur ce qui s'est épuisé de cette première vie révélant son inanité se masquant en semblant et, comme telle, appelant son dépassement. Ses premiers objectifs, ceux du besoin hâtif, prédéterminés par le monde, n'étant pas descellés, n'interviennent donc pas l'effet (l'effort) de conscience qui permet de s'en détacher : ils se figent au contraire en adhérence et fixation. La vie s'enfonce dans son ornière, vie *enlisée*. Soit, parce que de la conscience s'est capitalisé par réfléchissement de (sur : le « sur » né du recul) la vie passée, cette « prise » de conscience, comme on dit, ne s'affirmant que par déprise d'avec les premières inféodations intégrées, on commence d'assumer ce divorce d'avec la première vie née du besoin et de la captation et qui était si largement imposée : on commence à « faire le bilan », comme on dit, revoit et corrige de plus en plus résolument ses premiers engagements, révise ses investissements et « réforme » sa vie. *Reprise* de sa vie qui n'a pas d'âge, réforme qui peut tôt débuter. C'est de là qu'une *initiative*

Une seconde vie

commence de se dégager ; qu'une marge de manœuvre effective – donc de choix – peut résulter ; qu'une liberté peut effectivement apparaître : que, se dissociant du primaire de la première vie, donc aussi se désolidarisant d'avec son monde, un sujet s'affranchissant de la clôture du moi peut émerger. Il s'affirme alors en sujet *ex-istant*. De fait, la première question que je me pose, vis-à-vis d'autrui, n'est pas d'ordre moral, proprement dit, mais plutôt : a-t-il débuté une seconde vie ? Est-il près (prêt) d'y accéder ? Sinon, comment lui faire signe vers cette expérience, puisqu'on ne peut directement la communiquer ?

Car s'il ne s'agissait d'accéder à cette *seconde vie*, pourquoi voudrait-on vivre plus longtemps ? Si ce n'est uniquement pour une raison négative (repousser la mort ?), mais la vie physique commence si tôt de s'étioler. Voire, il ne s'agit pas seulement d'accéder à cette seconde vie, marquant un second départ, mais d'y progresser. Car, une fois que l'on a commencé de percevoir en filigrane, le distinguant et le démêlant dans la trame ou l'élément de la vie, que la vie n'est guère comme on nous l'a enseigné, que la vie elle-même, autrement dit, a laissé transparaître, au travers même de son cours, un autre dessin que celui affiché, qu'on a commencé de percer à jour par conséquent et de discerner, au fil des jours, ce *primaire* de la vie dissimulé sous les enseignements de la morale et de l'éducation (et d'abord le *besoin* de puissance et de reconnaissance et la sempiternelle lutte au sein de rapports de forces plus ou moins maquillés, y compris dans l'« Amour ») –, une alternative enfin apparaît, un choix effectivement s'esquisse. Mes premiers « choix » étaient, on le voit, trop induits pour être des choix. Et, s'il y a là enfin choix qui s'esquisse (possibilité d'initiative, affirmation d'un sujet), ce n'est pas par quelque pouvoir d'autodétermination de la volonté se décidant sur-le-champ, on ne sait comment, abruptement, c'est-à-dire métaphysiquement, comme on se l'est couramment représenté : sur un mode, à vrai dire, terriblement abstrait et théâtral. Mais c'est parce que je me suis peu à peu dépris, que j'ai commencé d'acquérir du recul pour mettre en regard et comparer et que de l'option s'est ainsi dégagé. De là que ce choix reste graduel, qu'une telle alternative *lentement* se découvre, ne se présente jamais comme une croisée des chemins – ainsi que l'a voulu trop commodément la morale – ou sinon de façon qui déjà est résultative.

N'est-ce pas là, en effet, l'alternative qui serait

Une seconde vie

issue, non pas de la morale, mais de la vie ; non pas édictée, mais *résultée* : qui effectivement, c'est-à-dire aussi progressivement, ferait seuil en séparant les existences ? Soit je reste partie prenante de ce que je découvre peu à peu de la vie même et qui ne ressemble guère à ce qu'on m'en avait appris (ou fait semblant de m'apprendre) : il « n'est pas bien » de mentir et de flatter, de se « pousser » et d'intriguer, etc., c'est-à-dire que je fais mon jeu de (dans) ce semblant social (la froide leçon de Vautrin à Rastignac) pour, me soumettant moi-même à cette loi du besoin, faire mon chemin et me « débrouiller » – le verbe laid de ce réalisme. Mais y a-t-il alors vraiment choix ? Je ne fais que suivre plus ou moins consciemment – habilement – la loi commune, primaire, de l'intérêt. Soit je commence de revenir sur mes choix précédents qui n'étaient pas vraiment des choix, me déprends peu à peu de mes premiers investissements et débute un tri. Car un choix effectif ne peut être que processuellement sélectif, à l'encontre de la représentation trop à plat, étalée, de la « croisée des chemins » que j'évoquais, c'est-à-dire pour une large part *déjà* rétrospectif. Non pas alors je me retire du monde (du « mal » : la commodité du religieux qui n'est qu'un ascétisme de l'inversion). Mais

Une seconde vie

je commence de réorienter ma vie en fonction de ces vérités qui ne sont pas codifiées, mais se sont décantées à partir de la vie même et s'en sont lentement dégagées : vérités jamais enseignées, et même si peu enseignables, mais seulement *éclairées*, à quoi sert la littérature par différence avec la philosophie – le roman de la conscience (en France, de Stendhal à Proust, ou ce qu'on lit dans Tolstoï) – et que je ne pouvais pas anticiper.

Il y va donc là de la nature même de la vérité ; et d'un défi pour la philosophie ou, du moins, de ce qui doit l'inquiéter comme sa limite : qu'il est des vérités qui ne se découvrent qu'avec le temps ; non pas dans l'instant (du raisonnement), mais par *dégagement*. Car on croit la vérité convaincante par elle-même, *index sui*, accessible sur-le-champ parce que en appelant par principe à la raison et comprise dans son énoncé, de droit intégrable par tout esprit l'examinant pour en juger, d'où lui vient son universalité. Or on découvre qu'il est des vérités qui ne sont pas de cet ordre : qui ne sont pas démontrées, mais *décantées*. Non pas qu'il s'agisse là de vérités plus âpres, plus résistantes (plus révoltantes), longues à mâcher, qu'il faudrait ressasser, pour s'y familiariser, ou ce que Nietzsche appelait « ruminer » ; ou plus

Une seconde vie

théoriques, ou bien apophatiques, réclamant plus d'élaboration et de travail de l'esprit, de conception, pour y accéder. Mais il s'agit de ce que, à côté des vérités énoncées - argumentées, il est des vérités sécrétées, tardant à affleurer. Des vérités qui ne sont pas obtenues à coup d'intelligence, mais qui relèvent d'un lent procès de la conscience. Des vérités non pas déduites, mais sur lesquelles on débouche à partir du déroulement même de la vie, détectées et décelées dans son élément même : vérités non pas décrétées, mais « exsudées ». Ces vérités sont *résultatives* en procédant d'un dépôt et d'une accumulation d'« expérience » – le terme lui-même est à repenser. Elles sont d'une autre intelligibilité : non d'entendement, mais de discernement, issues d'une prégnance et de son émanence. L'acquisition de ces vérités ne se présume pas. On les comprenait auparavant, mais alors elles ne nous parlaient pas. Or c'est de les ramifier et de les réfléchir, de les recueillir et d'en tirer parti, que vient la possibilité d'une seconde vie.

Il est cependant ce qui précipite, au sens à la fois temporel et chimique, une telle vérité qu'on ne saurait hâter. C'est de ne plus connaître seulement la mort comme une « expérience vague », dans son indétermination, *experientia*

Une seconde vie

vaga, comme le voulait Spinoza, mais d'envisager proprement *sa* mort comme le seul futur dont on soit sûr : la seule chose dont je puisse savoir absolument qu'elle m'arrivera et sur quoi je puisse me régler. Je le savais auparavant, mais je ne « réalisais » pas ; c'est-à-dire que je le savais auparavant d'un savoir que je ne voulais pas savoir, par suite que je n'intégrais pas, tant tout résiste en moi, en tant que vivant, à ce savoir de ma mort et m'en fait dévier. Or, quand on projette enfin sa mort en face de soi, qu'on commence de la regarder de plus en plus « fixement » (à l'encontre du fameux : « Le soleil ni la mort... »), c'est-à-dire que ce terme *a quo* est effectivement posé, ce qui n'a rien à voir avec quelque état dépressif (mais au contraire est offensif), une seconde vie, de ce seul fait, a débuté. Non pas que je m'y décide, mais elle se trouve *de fait* avoir *déjà* commencé. Aussi que philosopher soit « apprendre à mourir » n'est pas un lieu commun de la morale, quelque leçon de renoncement ou de résignation, mais dit strictement cela (que ne contredira d'ailleurs nullement la formule inverse : que philosopher, c'est « apprendre à vivre ») : dès lors qu'on a effectivement posé sa mort devant soi, tel un crâne sur sa table, on est entré *ipso facto* dans une seconde vie. Il n'y a même

Une seconde vie

plus là de « choix » (d'y « entrer » ou pas). La première vie est celle où regarder sa mort en face est esquivé. La seconde vie, en revanche, est celle qui s'ouvre de ce que j'ai commencé de poser ma mort comme échéance. Car, à partir de là, se définit un second temps à vivre.

Notre présent, en effet, est en lui-même sans consistance, comme on l'a tant dit : en transition continue entre futur et passé, il est sans limites qui le déterminent. Point de passage de l'un dans l'autre, il est sans plus d'extension qu'un point, par conséquent aussi sans existence. Or, s'il ne cesse de nous échapper, vivons-nous « vraiment » (ou n'est-ce pas qu'« en songe », *onar* ὄναρ ?, comme l'a dit la métaphysique) – puisque aussi bien nous ne pouvons vivre qu'au présent ? Pour sortir de cette impasse et retrouver un présent à vivre (« où » vivre), les stoïciens ont bien choisi d'en penser l'étendue en rapport à l'acte : la promenade existe pour moi, isolant et sertissant ainsi son présent, le temps que je me promène (Chrysippe). Mais cet acte saisi par la sensation se laisse lui-même déborder des deux côtés, par son attente et son souvenir dans la pensée ; et, du cours de cette vie découpée en « actes », ceux-ci seuls temporalisant du présent, nous perdons l'es-sentielle continuité. Mais, si je pose *ma* prise de conscience de « ma » mort aujourd'hui comme premier terme, cette mort à venir en constituant définitivement le second, un « présent » – aux deux sens du terme : à la fois actualité et don – s'en trouve effectivement délimité, se détachant ainsi du flux illimité de la durée (de l'*aiôn* infini) comme ce temps où *j'existe encore*. Mon présent est ce qui se présente à moi – s'offre à moi – d'un seul tenant entre aujourd'hui où j'envisage effectivement ma mort et le jour même de ma mort : à la fois d'une seule venue (ne se laissant plus disjoindre entre futur et passé) ainsi que d'une seule étendue (de cet instant où je pense ma mort à son événement). Or, avant que j'en sois venu à pouvoir envisager effectivement ma mort (la regarder « fixement »), ce qui de soi-même dessine le seuil d'une seconde vie, ce présent-là, ce présent consistant, ne m'apparaissait pas. Mais voilà qu'il ressort maintenant sans forçage, s'extrait du cours hémorragique de la durée, s'en tient hors – « ex-iste » – par la seule conscience que j'acquiers ainsi de ma mort, et que je peux résolument l'ex-ploiter.

Le « présent » ne sera plus dès lors cette question épineuse de la philosophie, divisible qu'il est en soi, en tant qu'instant, à l'infini (Aristote) ; ou suspendu subjectivement à ma si

Une seconde vie

fragile attention, pris comme il est entre mon attente du futur et ma remémoration du passé (Augustin). Mais c'est le présent actif d'une seconde vie qui commence du fait que j'envisage sans plus d'atermoiement, ni non plus d'apitoiement, le terme non datable, mais non douteux, de ma vie. Il ne s'agira donc pas de chercher désespérément la longévité (la passion chinoise de « nourrir sa vie ») ; ni non plus de rêver d'une autre vie en se fiant aux promesses ou preuves d'immortalité ; ni même de vouloir la vie « bonne », l'*agathos bios*, comme si l'on pouvait choisir prospectivement entre des vies également possibles, proposées comme des lots étalés devant soi (*kleroi*), ainsi que les Grecs (Platon) se le sont abstraitement (théâtralement) figuré. Mais il s'agit d'employer à meilleur escient ce second temps qui commence – qui commence de ce que sa fin m'apparaît. À meilleur escient : la catégorie n'est ni morale ni psychologique ; elle est plutôt stratégique : de ce que je *sais* enfin que ma vie se retire, je me *reprends*, je révise mes engagements, reconsidère mes investissements, pour aller plus loin. Que j'ose enfin considérer ma fin – que je pense à y penser – fait seuil de lui-même à ce début. De là que le paradoxe que se sont plu à dramatiser les moralistes, du coup, n'est

Une seconde vie

plus pertinent : que, le temps d'apprendre à vivre, « il est déjà trop tard ». Ou que, comme le dit Montaigne, contredisant le proverbe, il « vaut quasi mieux jamais que si tard ». Car à quoi bon « bien s'entendre à vivre lorsqu'on n'a plus de vie » (*Essais*, III, 10) ? Ce ne serait là que « moutarde après dîner »... Mais voilà qu'une seconde vie débute effectivement, dès à présent, sans qu'il y faille de bonne intention, sans projection du désir, d'autosuggestion ni d'affabulation, mais seulement de ce que je songe à sa fin – que je songe à y songer. Car, auparavant, je n'y songeais pas – ne le pouvais. Or, de ce que j'y songe *enfin*, une seconde vie peut effectivement débuter.

III – Nature du second

Cela n'arrive qu'une fois parmi les nombres. On a pour cela, en français, deux termes : « deuxième » ou « second ». Deuxième et second disent la même chose, mais deuxième se dit, par principe, quand l'énumération peut aller au-delà de deux ; et second quand l'énumération s'arrête à deux : il n'y aura pas de « troisième vie ». Il ne peut être également question que d'un « second souffle », non d'un troisième – le troisième ne serait toujours qu'un second bis. *Second* se détache ainsi de la liste des ordinaux (et même il n'est pas, dans son principe, un numéral) pour indiquer que ce deuxième procède du premier et se pense en rapport à lui : « second », *secundus,* dit ce qui suit, le « suivant » (*sequi*). Par là même il met en valeur, plutôt que le classement dans une succession, la réitération de ce premier. Si

Une seconde vie

l'on parle de Seconde et non de Deuxième République, en France, c'est que celle-ci s'est conçue comme la reprise directe de la Première, celle, modèle, des grands devanciers, ce qui ne sera plus aussi vrai des suivantes (Troisième, Quatrième...), rangées désormais à la suite, au fil de l'Histoire. *Second* laisse donc percer (penser), dans un déroulement, quel peut être son recommencement. Car, en se décalant ainsi discrètement du seul ordre temporel, il dit un retour sur le passé, mais qui lui-même ne s'affirme, et ne se reconnaît, que de ce qu'il se détache de ce passé.

Une « seconde vie » est donc bien une vie qui procède de la vie passée, en continuité avec elle, en même temps qu'elle revient sur elle pour autant qu'elle s'en est démarquée. *Second* n'introduit donc pas une coupure, dans le cours des choses, mais, je dirais, sa *pliure* : à peine s'amorce un retour sur le déroulé précédent que s'infléchit la direction engagée ; que se décèle, du sein même de la récurrence, une nouvelle possibilité. En quoi *second* est ambigu. Il n'a pas la préséance et prétention du premier, ne se pense que par référence et comme à l'ombre de ce qui l'a précédé. Mais, par là même, il se valorise de ce que, reprenant ce premier, il ne fait pas que le prolonger, sinon

Une seconde vie

il ne s'en distinguerait pas, mais lui confère un futur que celui-ci n'avait pas : un avenir s'y redéploie. La *secondarité*, en reconnaissant sa filiation et donc sa dépendance vis-à-vis d'une première fois, est aussi ce qui la porte plus loin : elle fait paraître du même coup en quoi elle l'a dépassée. En s'autorisant de ce premier, la *reprise* y trouve sur quoi s'appuyer pour, en s'en écartant, s'inventer.

À preuve Rome ou le christianisme (mais les deux, en fait, sont liés). Ils illustrent exemplairement cette secondarité ne revendiquant pas le prestige du commencement, celui des Grecs ou de l'Ancien Testament, mais qui n'en fait, dès lors, que mieux paraître, de l'intérieur de ces traditions, par démarquage et comparaison, ce qui s'y contient d'inédit. Et même d'autant plus nouveau que cela ne relève pas de la facilité de la Coupure introduisant d'emblée, de l'extérieur, une discontinuité ; mais relève d'un écart interne laissant mesurer progressivement, ou plutôt processuellement, à partir de lui-même, la distance ouverte. Le christianisme fait d'autant mieux entendre le singulier (le « scandaleux ») de son message qu'il le fait du sein même de l'hébraïsme dont il reconnaît relever. En ne prétendant pas à l'originaire, en se présentant à couvert, il fait mieux ressortir son originalité du fait qu'il ne cesse de revenir sur cet héritage pour, en le relayant, l'achever ; comme aussi, du même coup, en s'y réadossant, s'inventer. Ne faisant pas les frais d'un début premier, il laisse d'autant mieux apparaître sa ressource qu'on la voit se dégager par correction et promotion de ce passé.

D'un premier sommeil par exemple (aux ondes lentes, dit « orthodoxe »), on s'enfonce en un « second », plus profond, mais dont l'activité en même temps est plus rapide (d'où son nom de « paradoxal ») ; or c'est bien lui qui libère la capacité onirique et qui est créatif. Ou bien encore, quand Nerval débute *Aurélia* par ces mots : « Le Rêve est une seconde vie », c'est bien, et même exemplairement, de cette fécondité du *second* qu'il s'agit – de cette ressource insoupçonnée appelée à se déployer : qu'on ne pouvait absolument pas prévoir du temps de la première vie en même temps que nulle rupture manifeste n'intervient d'avec celle-ci. S'y « continue l'œuvre de l'existence », dit Nerval, au point qu'on ne saurait « déterminer l'instant précis » de la transition. De la première à la seconde vie, que celle-ci soit du Rêve ou bien la Réforme de sa vie, le seuil est indistinct (« nébuleux »), un tel passage d'abord échappe. Puis cette seconde

Une seconde vie

scène « s'éclaire peu à peu », poursuit Nerval, par « dégagement ». Même quand la suite n'est pas un basculement dans l'onirique, il y a là inconscience de ce qui se passe, à titre de reconfiguration et de déplacement, au sein de ce relayage. *Dégagement* dit ainsi ce qui procède de cette processualité même tandis que, de l'intérieur, se déploie ce qui n'est ni du même ni de l'autre, mais se soutire, ou s'exhume, à titre de ressources qu'on n'envisageait pas : celles-ci sont libérées de ce qui paraît alors leur enfermement précédent et se découvrent un potentiel, par le libre jeu qui s'ouvre, tel qu'il semble pouvoir se développer indéfiniment. Mais on ne pouvait se douter auparavant que, de ce champ déjà tant arpenté et balisé, pourraient se lever ces nouveaux possibles, possibles décantés, désentravés, et qui le débordent dès lors aussi puissamment.

Il en va souvent ainsi du développement d'une pensée et du déploiement d'une œuvre. Son auteur ne progresse plus assidûment, livre après livre, marche après marche, comme il l'a fait auparavant ; mais, de son investissement précédent, se *dégage* par décantation un second temps de l'œuvre. Celui-ci l'affranchit des conditions et des contraintes qu'elle s'était données et fait paraître globalement,

Une seconde vie

de ce travail, une fécondité qui y était incluse assurément, mais qui maintenant diffuse, et dont lui-même ne se doutait pas. Qu'on parle d'un « second Wittgenstein » (ou d'un second Heidegger ou d'un second Barthes ou d'un second Foucault, etc.), et si différent que soit le terrain sur lequel ils se sont engagés (qu'on baptisera comme on veut : l'exploration des limites du langage ou la question ontologique ou l'analyse sémiologique ou les ruptures d'*épistémé*, etc.), ce « second » laisse néanmoins transparaître un même sens. Il dit moins un « tournant » (*Kehre*), encore moins une rupture théorique, que la possibilité d'un recul interne et, par là, d'une distance d'avec ce qui paraîtra rétroactivement un premier temps de l'œuvre : non plus l'exploration plus poussée de leur terrain d'investigation, mais un certain décollement vis-à-vis de ce terrain même, lui qu'ils ont tant travaillé et où ils se sont fait reconnaître – où ils sont passés « maîtres ». Or c'est quand ce délestage a débuté, qu'ils ont eux-mêmes discrètement commencé de se retirer de ce qu'ils ont si difficilement fini par imposer dans la pensée, que la ressource de leur œuvre plus amplement se dévoile et fait apparaître effectivement sa nouveauté.

Ce second temps est celui où l'on se détache

Une seconde vie

à son insu de la compétence exercée, de la technicité dont on a acquis la maîtrise, non pas qu'on voudrait s'en débarrasser ou qu'on en serait déçu, mais, parce que, commençant de revenir sur ce chantier déjà avancé, on s'inquiète de ce qu'il a laissé échapper et qui toujours, au fond, est le même : le *plus simple*, plus élémentaire et plus radical, plus en rapport à l'existence même (ou le fameux « les choses mêmes »). De là que se modifie non pas tant le questionnement que l'enjeu de la pensée, non pas tant l'argument que la phrase. Aller « plus loin » prend un autre sens : commencer de revenir sur ses pas pour remonter aux partis pris qui ont porté sa pensée, mais qu'on croyait soi-même être des « choix », et tenter de s'émanciper de l'arbitraire qui était l'envers (nécessaire) de l'efficacité de la démarche engagée. Il ne s'agit pas là d'un renoncement, ou d'un banal retour au « concret », du monde des idées à l'expérience, comme souvent on l'a jugé, mais d'un recommencement feutré de (dans) la pensée pour tenter de rattraper ce que ce premier filet lancé insolemment sur les « choses » (mais cette insolence d'un premier temps était bien sûr une qualité) avait inévitablement de trop hâtif – « primaire » – et ce qu'il portait par conséquent à dissimuler ;

et qu'il convient maintenant de déborder. Du même coup, ces ordonnancements mêmes auxquels on s'était si puissamment livré, en étant repris, en se desserrant, en s'oubliant, laissent-ils voir une pertinence insoupçonnée.

Encore faut-il bien distinguer les deux. D'une part, cette remise en chantier de la pensée : que la pensée échappe d'elle-même à son système qui commençait, en s'instaurant, de s'installer, c'est-à-dire s'affranchisse de la clôture de ses termes en vue de retrouver le plus élémentaire dont elle a dû s'abstraire pour s'élaborer. Et, d'autre part, ce qui, chez d'autres, sous couvert désormais de plus de « simplicité », n'est qu'un laisser-aller de la pensée et l'abandon de son exigence. La suite de l'œuvre (mais est-ce encore une « œuvre » ?) ne connaît pas alors ce second temps de l'œuvre. Ce serait là se tromper sur la nature du *second*. Car le second n'est pas repli, mais reprise. Il aspire à plus de *radicalité* et non de facilité. Il n'est pas fait d'usure et d'affaissement, n'est pas une version plus *soft* ou plus aisée, à plus large public et « vulgarisée » (« enfin on le comprend... »). Mais c'est qu'on introduit maintenant plus de jeu, de détour et de désinvolture, pour déjouer la posture théorique qu'on a mise en place – et qui déjà menace ; ou que, si l'on introduit

Une seconde vie

plus de lâche ou de biais, c'est pour y capter ce qui, étant trop enfoui en même temps que disséminé, ne pouvait se laisser viser ainsi de façon directe et concertée. Et non pas que, avec l'âge ou face aux critiques, on ait « mis de l'eau dans son vin », comme on dit, qu'on ait abandonné l'extrémisme théorique de sa jeunesse et que, la vie passant, il soit temps de revenir à du plus « solide », le fameux « vécu », renonçant à s'aventurer. On deviendrait alors « phénoménologue » (l'étiquette couvrant ce renoncement), parce qu'on ne fait plus l'effort de construire dans la pensée et de produire des concepts : on ne sert plus alors, sous prétexte d'être mieux entendu, que du truisme et de la banalité. On verse alors dans une sous-pensée, au lieu d'accéder à ce second temps de la pensée faisant paraître une nouvelle ressource de sa pensée, et même insoupçonnée auparavant de soi-même.

Dans ce second temps ou *seconde manche* de la pensée, la pensée se met quelque peu en vacances de ce qu'elle a construit et est en quête d'un plus essentiel ; ou plutôt le laisse-t-elle *décanter* – mais d'un *laisser* actif dont elle apprend l'usage ; elle le laisse dégager de tout l'effort précédent, de l'élaboration accumulée. Car elle sait, d'un savoir nouveau, impossible à anticiper, que conquérir avec passion comme avec précision ne suffit pas : que quelque chose échappe à la prise projetée. Elle sait avoir déjà à peu près pensé ce que, dans la direction qu'elle s'était « choisie », par inquisition, pression et contention, elle pouvait comme butin rapporter. Elle ne se focalise donc plus sur ce qu'elle sait être l'originalité de sa démarche, ne s'attache même plus tant à la défendre contre les incompréhensions qu'elle a inévitablement suscitées, à peine a-t-elle connu un premier succès ; mais se donne pour objet, ou plutôt comme enjeu, « objet » relevant trop encore de la commodité du but, de laisser jouer, plus librement évoluer, dans le temps qui lui reste, de façon plus disponible, plus détendue mais non pas relâchée, plus déliée, ce qu'elle a tenté de mettre sur pied dans la pensée. Être lu, compris, discuté, ne passionne plus. Non pas tant qu'on espère être mieux lu, compris, plus tard (dans « cinquante ans »...), qu'on se fie à une revanche posthume comme on peut croire à la récompense dans l'Au-delà ; mais parce que c'est ce qui se passe « en interne », entre soi et l'œuvre, dans le huis-clos qui se referme alors, avec en vue la mort, qui compte désormais.

Le rapport au temps, par conversion lente,

Une seconde vie

conséquemment s'est inversé : la pensée de la première vie s'accordait un temps illimité, en même temps qu'elle était pressée de se fixer et de s'imposer ; la pensée de la seconde vie sait désormais que son temps est compté, en même temps qu'elle ne se met plus sous la pression de réussir. De là où elle s'est périlleusement campée, elle laisse/fait venir à la pensée. Ce qui caractérise ce second temps de la pensée, c'est que quelque chose commence de se relier de soi-même au travers du chantier engagé, par ramification souterraine et capitalisation secrète, qu'on n'avait pas soi-même songé à lier et associer. Une perspective nouvelle dès lors se dessine et même commence de s'imposer qui ne tient plus aux premiers « choix » témérairement tentés, mais s'annonce la résultante, paraissant après coup si logique, de ce qui n'était jusqu'ici que patiemment et partiellement enchaîné. De cette transformation silencieuse (et même plus elle est silencieuse), l'affleurement peut être sonore et faire un jour événement : en attendant dans la rue un fiacre, Balzac a soudain l'idée de faire reparaître ses personnages d'un roman au suivant – à partir de quoi *La Comédie humaine* peut se déployer. Ce second temps de la pensée est donc, en fait, la naissance et le premier temps de l'« œuvre »

Une seconde vie

(auparavant, ce n'était que des livres ajoutés) : quand tout ce qui s'est à tâtons essayé, s'est patiemment accumulé en des développements successifs qui se supplantaient, mais en même temps s'épaulaient, entraîne globalement un basculement qui déploie l'œuvre. De ce retour sur investissement, de cet effet d'immanence d'où vient ce second temps, ce n'est plus l'« auteur » qui promeut avec acharnement sa pensée ; mais c'est la pensée engagée qui poursuit d'elle-même son chemin par *dé*-gagement.

On ne peut forcer ce second temps de la pensée – il n'y a pas de méthode, pas même de stratégie (ou seule une stratégie de la déprise), pour y accéder. Car il faut, pour y entrer, sortir de la pensée du but et de la visée. On peut seulement se demander, chacun pour soi, en commençant de faire le « bilan », où l'on en est de cet avenir de son chantier : qu'est-ce qui, dans le filet qu'on a tendu, vient de soi-même s'y faufiler, s'y ramifier à notre insu, au point qu'on pourrait commencer d'y prendre autre chose ? Autre chose que ce qu'on en avait attendu – et qui nous ferait entrer dans ce second temps. C'est la question que, aussi, je me pose. Après avoir « choisi » de quitter les Grecs et de me déplacer ailleurs (était-ce le plus loin ? En Chine) pour philosopher par

Une seconde vie

un autre biais, choix qu'il m'a fallu d'abord si longtemps justifier, tant il était peu compris et peut-être peu compréhensible (« apprendre le chinois pour mieux lire Platon ») ; après avoir travaillé à mettre en vis-à-vis les langues-pensées de la Chine et de l'Europe qui se sont si longtemps ignorées – non pour les comparer selon ce qui serait leurs ressemblances ou leurs différences, mais, explorant l'écart apparu entre elles, les mettre en tension l'une avec l'autre et, dans cet *entre* ouvert, leur donner à se réfléchir pour sonder réciproquement leur impensé –, je me demande aujourd'hui ce qui, dans ce filet problématique tissé entre les deux, échappe encore : ce que j'y pourrais capter et dont je ne savais pas que cela pourrait aussi s'y déceler. Qu'est-ce qui se dégage, de ce vis-à-vis, et fournirait une nouvelle prise et sur quoi ?

Je dis ici *filet* parce que ce sont ces deux bords – ces deux langues et ces deux pensées – qui ont étendu, par leur écart, le cadre de réflexion de ma jeunesse et lui ont conféré son armature ou, disons, ce qui l'a « armée » – ne faut-il pas toujours *s'armer* pour débuter ? La question devient alors : qu'est-ce qui peut se laisser prendre, qui n'était pas auparavant envisagé, dans cet *entre* ainsi dessiné ? Non plus

Une seconde vie

de l'ordre des objets de connaissance ramassés l'un après l'autre au fond du maillage et permettant d'identifier, en regard, l'une et l'autre pensées, la « chinoise » et l'« européenne » – à partir de quoi on plaiderait la cause de l'universalisme de la pensée ou bien, au contraire, de son relativisme. Mais, dans cette possibilité de *pliure* de la langue et de la pensée humaine sur elle-même, celle que font paraître ainsi exemplairement, mises en vis-à-vis, ces deux langues et ces deux pensées, ne trouverait-on pas quelque chose comme un nouvel accès à l'expérience ? Je ne serais, en somme, allé si loin que pour penser au plus près. Car peut-on penser le plus immédiat – ce qu'est *vivre* – autrement que par un détour ?

Et d'abord ne décèlerait-on pas dans cet *entre-langues* une ressource, c'est-à-dire ici un appui, pour rompre la sempiternelle synonymie de *la* langue, c'est-à-dire pour ébranler ce que la langue et la pensée, ne trouvant plus de prises pour s'entrouvrir et se réfléchir, sont portées par elles-mêmes à imposer et sédimenter – ce dont, du fait de la mondialisation, nous sommes encore plus aujourd'hui menacés ? Au point que nous prenons pour la légitimité de l'universel ce qui n'est là que du standard et de l'uniforme. Aussi faut-il plus encore de

Une seconde vie

nos jours, où la langue-pensée du monde est portée à s'homogénéiser, chercher à pratiquer une telle dissidence à partir des écarts repérés entre les langues comme entre les pensées. Par là, chercher à déjouer nos « évidences » – celles-là mêmes qui nous empêcheront de voir ; et à aborder d'un autre biais ce que nous avons peut-être trop facilement admis comme allant de soi et qui occulterait l'existence. Et d'abord faut-il chercher à saper ce qu'on a tant dit et ressassé de la condition de l'« homme » et qui ferait sa « nature », bloquant cette puissance d'exister ; faut-il tenter de secouer les sempiternelles banalités de la « sagesse » sur la vie, elles qui font le lit de la résignation et font obstacle à la seconde vie. — Or, en même temps, ce qui marque ce second temps de la pensée est le sentiment nouveau qu'on a que, plus on avance, plus on ne fait que commencer...

IV – Ni vieillesse ni sagesse

N'est-il pas étonnant de constater, en effet, combien on reste maladroit – mal à l'aise – pour penser certaines choses, et d'abord les plus proches, celles sur lesquelles on a le moins de distance et de perspective ? N'en irait-il pas ainsi, en premier lieu, de la « vie » ? On reste commandé par des représentations installées qu'on ne songe pas à critiquer parce qu'on n'a pas trouvé d'appui pour le faire : dont on sent sourdement l'inadéquation, en tout cas l'insuffisance, d'où vient une impuissance, mais qu'on subit faute de prises pour s'en écarter. C'est parce qu'on se représente mal les choses qu'on vit mal est la conviction de fond de la philosophie et sa principale justification pour remettre au travail la pensée ; et l'on se représente mal les choses par défaut d'outil pour ébranler ce qui dans la langue et dans

Une seconde vie

la pensée s'est figé en opinion commune, en *doxa*, dans l'ornière de laquelle nous restons coincés. Ainsi en va-t-il de la « vieillesse », ainsi en va-t-il de la « sagesse », si souvent accouplées, elles qui guident en sous-main nos vies en les profilant, c'est-à-dire en en restreignant l'horizon sous leurs représentations enlisées ; qui peut-être font barrage à ce qui s'y recèlerait d'essor, mais qu'on bloque sous des « évidences » qu'on ne sait pas inquiéter : qui peut-être nous font rater, sans qu'on s'en doute, une ressource qui n'est plus seulement du vital, mais bien de la capacité d'*existence* – il faudra détacher et penser celle-ci comme étant l'expression déployée de la seconde vie.

Car en se définissant et se répartissant selon l'âge, c'est-à-dire en segmentant la vie en deux temps successifs qu'elles pensent seulement par opposition l'un à l'autre, « jeunesse » et « vieillesse » cèdent à la facile représentation de la Coupure, dissimulant la transition, et ordonnent la vie selon ce seul basculement imposé. Par là, elles font rater la capacité de relaiement, de reprise et de réengagement, du *second* d'une seconde vie possible qui, elle, peut être sélectivement prélevée de la première et plus effectivement décidée. Car à partir de quand vieillit-on – si c'est là ce qu'on instaure

Une seconde vie

en scission ? –, cet inéluctable se laisse-t-il seulement démarquer ? S'il est impossible d'en fixer la date, d'y voir une rupture, c'est qu'il s'agit, à nouveau et par excellence, d'une « transformation silencieuse », trop globale et continue en nous, dans son cheminement, pour qu'on l'isole et qu'on la remarque – et ce avant qu'elle puisse affleurer enfin en « événement sonore », et même d'autant plus sonore qu'on ne l'a pas perçu précédemment cheminer. Et qui éclate certainement d'abord plus aux yeux des autres, après un temps d'absence, que de nous-même (lors de la matinée chez la princesse de Guermantes, à la fin du *Temps retrouvé*). On peut trancher institutionnellement l'âge auquel on passe de l'un à l'autre, de *juventus* à *senectus*, ou de « plus jeune » à « plus âgé » (*junior/senior*), mais il s'agit là d'un rangement de la société qui n'a pas d'autre pertinence que normative. Ou bien c'est par atavisme de la philosophie (Aristote) que nous cédons à la commodité de nous représenter ce que nous vivons effectivement, à savoir un « changement » (*métabolê*), en termes spatiaux de « mouvement » (*kinesis*), c'est-à-dire de trajet possédant nécessairement un point de départ de même qu'il possède un point d'arrivée.

De fait, la *perte* à laquelle condamne cette

Une seconde vie

coupure symbolique, « jeunesse »/« vieillesse », est qu'elle nous rabat d'emblée sur le schéma vital ou plutôt, plus élémentairement, végétal d'un essor basculant en déclin, ou d'une progression suivie de sa régression, d'une montée appelant la descente ou d'un *plus* qui, rencontrant sa limite, se retourne en *moins*. Si tel était le cas, il faudrait alors refuser la « vieillesse » et sa dégradation et se tuer auparavant ; sinon c'est là lâcheté. Ou de désigner la sagesse, ainsi qu'on le fait d'ordinaire, comme la compensation de cet affaissement de la vieillesse, n'est-il pas qu'un emplâtre : une réponse trop vite accordée qui est une consolation à bon marché ? Voire, interposer, comme temps médian, la « maturité » et sa plénitude (le fruit après la fleur : après le printemps l'été) ne nous sort pas de ce naturalisme limitant le progrès possible à l'état de développement abouti par équilibre des forces, réduction de l'excès et harmonie : ne laissant donc en rien percevoir quelle sorte d'*initiative*, qui est en fait la première effective, peut se dégager de la vie précédente et la porter plus loin. C'est-à-dire que s'y trouve dissimulé comment le prospectif (projectif) de la vie *peut* s'infléchir en capacité rétrospective permettant de se démarquer de la vie passée, en la relayant, par l'aptitude à

Une seconde vie

choisir sélectivement et réinvestir, trier et réengager la vie – capacité par décantation et dégagement qui n'apparaissait pas et même qu'on ne soupçonnait pas auparavant. Au point que cette seconde vie dévie de la temporalité fermée (cyclique) qui est le lot du vital, ouvre une distance, que déploie la conscience, vis-à-vis de son retrait d'énergie : de même qu'une seconde vie peut débuter bien avant qu'on soit à ranger du côté de la « vieillesse », il n'est jamais « trop tard » pour activer la ressource du *second* de la seconde vie et pouvoir « réformer » sa vie.

L'inapproprié de la notion de vieillesse ne vient donc pas seulement de ce qu'elle serait trop globale : de ce qu'il faudrait la scinder entre ce qui serait la vie du corps et celle de l'esprit, les deux n'étant pas synchrones, voire l'esprit affirmant et même déployant sa vitalité tandis que s'affaiblit déjà la force physique. Il ne tient pas seulement au fait que ce qui existe effectivement est, non pas la vieillesse, mais le *vieillir* : non pas quelque état, immobilisé et par conséquent abstrait, mais le processuel et l'ininterrompu, non segmentable, qui est celui de la vie dans son déroulement – ce qui existe est le *vieillissement*. C'est-à-dire qu'il ne tient pas seulement au fait qu'il paraît méconnaître comment la mort est au travail dès la naissance et que la vie en son cours, y compris ce qui en apparaît le déploiement de la jeunesse, n'est toujours, selon la formule célèbre, que « l'ensemble des fonctions qui résistent à la mort » ; par suite, que la vie, dès son stade embryonnaire, est de faire échec au mourir, capacité dont vieillir ne serait lui-même qu'un tarissement progressif. Cet inapproprié de la « vieillesse », collée qu'est celle-ci sur nos vies telle une étiquette, relève d'une autre raison encore, qui est plus essentielle et proprement philosophique : il tient à ce qui s'y dissimule de la capacité même de l'*existence* à se démarquer de tout naturalisme ou vitalisme.

Il tient en effet à ce vice beaucoup plus profond qui est que la notion de vieillesse *essentialise* l'existence – l'*existence* étant au contraire (c'est même là sa définition de départ) ce qui ne se laisse pas déterminer en essence ou, disons, « essentialiser ». De même que la physique d'Aristote s'en tenait aux qualités sensibles élevées au statut d'essences, lesquelles elle plaquait sur le dynamisme interne des choses, d'où son échec inévitable, de même la notion de vieillesse ne fait-elle qu'abstraire et essentialiser ce qui s'éprouve le plus manifestement, en fin de vie, comme une réduction

Une seconde vie

inéluctable de vitalité, y soumettant ainsi la capacité d'existence, elle qui est précisément de s'émanciper d'une telle imposition de la limite. Car il ne s'agit pas de nier un tel affaiblissement de la vie, ce ne serait là que déni, mais de sonder comment exister, c'est précisément s'y confronter et *résister* à ce qui s'y subit de finitude. De là que, si l'ex-istence se conçoit comme la possibilité de se « tenir hors » de ce qui se laisse déterminer en « nature » ou par essence, c'est bien elle, cette *capacité d'existence*, que révèle en revanche, et même exemplairement, la seconde vie. Et ce précisément par dé-coïncidence d'avec le vital, écart d'où se déploie de la conscience et par lequel s'introduit une marge d'initiative ou de liberté. Liberté qui n'est pas décrétée, ou décernée à partir d'on ne sait quelle puissance extérieure de rupture (comme donnée métaphysique d'un autre ordre), mais effectivement *dégagée.*

Or sagesse, venant en compensation de la vieillesse, ne fait pas droit à cette liberté, liberté non pas décrétée mais acquise, ou plutôt dégagée, celle précisément de pouvoir, par *reprise* de sa vie passée, s'en détacher et la « réformer », inaugurant ainsi une seconde vie. De là que, si la vieillesse n'a pas de départ assignable,

Une seconde vie

n'est coupée qu'arbitrairement de la jeunesse, la seconde vie, quant à elle, réinscrit du commencement, quitte à ce que celui-ci en même temps soit résultatif, débutant d'abord dans la pénombre, à notre insu et par infimes décollements. Et parce que la sagesse se pense en compensation de la vieillesse, elle en subit en retour, serait-ce malgré elle, les déterminations négatives : le cantonnement dans la limite, la soumission à l'inéluctable, la logique de repli et son économie. Aussi la sagesse s'infléchit-elle en résignation-réconciliation, restriction et « mesure » évitant l'excès. De la vieillesse elle a intégré le caractère subi et la passivité. Elle n'est ni audacieuse ni aventureuse, fuit l'extrême et le tranché : « la sagesse est grise », disait Wittgenstein. La seconde vie, en revanche, réinscrivant du départ dans la vie par dissociation de plus en plus marquée d'avec la vie passée, y puise une force qui par écart est propulsive et qui, dès lors, la dynamise. Elle est remise en tension du *vivre* qui peut être même plus entière que du temps de la première vie, parce que désormais plus décidée ; et que, guidée par la lucidité acquise, elle est disposée à risquer davantage. La seconde vie va plus à fond et se veut mieux, plus rigoureusement, *défi* (le contraire du « repli », mais qui

Une seconde vie

n'est pas déni). Comme elle accède à plus de radicalité et n'a plus rien à perdre, elle peut plus rigoureusement *oser* – de façon moins exubérante mais ajustée.

De fait, « sage » en soi-même est équivoque. Car soit on prend *sagesse* au sens fort, en y voyant une figure de l'Histoire advenant ici et là dans les civilisations, de façon quasi simultanée, à la fin de ce qui constitue pour l'humanité l'époque dite « axiale » de l'Antiquité. — Soit n'est-on pas condamné, du moins en Europe, au *sens faible* de ce à quoi le rationalisme de la connaissance a retiré désormais sa consistance ? La sagesse n'est plus alors, ayant perdu ses conditions d'idéalité, qu'un affaissement de la pensée ; et l'on devra dénoncer à quelle débilité idéologique, par-delà l'usage devenu familier du terme, cette étiquette doit, de nos jours, un regain de prospérité. Car, au sein du monde antique, dans le déclin des premières grandes entités politiques (la Cité en Grèce, la « Voie royale », en Chine, etc.), d'où a découlé un retour réflexif sur la personne humaine et son affranchissement, le « Sage » s'est vu effectivement ériger en absolu d'humanité. Sa vertu tient essentiellement à sa capacité d'émancipation intérieure vis-à-vis des conditions imposées. Distinguer « ce qui dépend

Une seconde vie

de moi » et « ce qui n'en dépend pas », lit-on dans les propos de Confucius comme dans le stoïcisme. Par suite, elle tient à sa capacité de transformation de soi et, si possible, par exemplarité du monde (*metanoia* en Grèce, *hua* 化 en Chine ; 大而化之谓之圣, dans le *Mencius*). Mais ne doit-on pas *déjà* s'arrêter là quant aux généralités ?

Car c'est en fonction du contexte culturel, linguistique et intellectuel, de chacune des traditions ainsi que, en lui, des écoles (ou « familles » de pensée, comme le dit le chinois épris de filiation) qu'une telle figure du Sage acquiert effectivement sa stature et son intérêt. Tandis que le penseur stoïcien met en lumière le principe « hégémonique » qui, dans son for intérieur, le rend indépendant des circonstances au-dehors, première figure d'une autonomie du sujet, comme telle revendicatrice de liberté, le penseur chinois met plutôt en valeur comment c'est par l'évidement et l'épurement conduisant à l'unité (*xu yi* 虚一), en tant qu'« abstinence » de l'esprit d'où vient sa *disponibilité*, qu'on peut s'associer et participer à ce grand continuum qu'est le cours régulé du monde, autrement nommé « Ciel » ou *tao*. Et, plutôt que de se livrer à une exhortation véhémente, sur un mode impératif et rhétorique, et

Une seconde vie

d'abord dans un dialogue intérieur, en se parlant à soi-même, ainsi que l'a fait le stoïcisme, lui se défie de la parole. « Parler sans parler » 言无言 est sa devise : loin de s'étaler en leçons (sauf quand il sombre dans la soumission idéologique et prêche le conformisme), son propos se veut allusif, inchoatif (incitatif) ; celui-ci dit « à peine » et reste *indiciel* (tel est le propos « subtil » de Confucius 微言), la régulation de la conduite, à l'instar de la régulation du Ciel, ne se laissant pas modéliser.

Surtout faut-il tenir compte des transformations historiques, à large échelle, qui ont entraîné ces divers contextes culturels dans des destins singuliers. Comme, en Grèce, la connaissance, répondant à l'énigme de l'« Être » (le grand « pourquoi » causal), s'est tôt instaurée en enjeu majeur de la pensée, *sophia* déjà chez Platon s'entendant comme *épistémé* (*Théétète*, 145ᵉ), c'est-à-dire étant envisagée quant à la possibilité de la « science », une telle sagesse s'est trouvée enfouie sous la domination du « théorique » qui est l'activité désintéressée de la pensée pure (le *noûs* νοῦς) portée par la quête spéculative de la vérité. Et, *d'autre part*, parce que le christianisme, renversant la *sophia* grecque par la « folie » de la Croix (*môria* μωρία), réincarnait la vérité dans la vie

Une seconde vie

du sujet (« *Je* suis la voie, la vérité, la vie… »), et ce au travers d'un divin humanisé se manifestant dans le monde en même temps que par son retrait, l'absolu humain s'est trouvé reporté dans la figure du Saint s'élevant, par renoncement à l'immédiat de la vie, à la vie véritable, celle qu'on dira « éternelle ». Or le Saint/le Sage est un clivage qu'un contexte culturel comme celui de la Chine n'a pas développé, par plus qu'elle n'a connu celui du « classique » (comme texte modèle) et du « canonique » (comme enseignement absolu), Confucius intégrant les deux (cf. *Wenxin diaolong*, chap. 3). La différence y est seulement de stades atteints : celui, inférieur, qui est celui de l'effort assidu pour s'élever à la perfection de la sagesse (*xian* 贤) ; et celui, supérieur, où cet effort s'est renversé en spontanéité et rejoint l'immanence du grand procès des choses, le *tao* du « Ciel » (*Zhongyong*, XX), le Sage 圣 s'identifiant alors par sa conduite à la Régulation naturelle.

Par écart à quoi, on comprendra d'autant plus nettement comment, en Europe, sous la double injonction de la Foi et de la Science rivalisant entre elles en même temps que se départageant leurs domaines respectifs, la sagesse ne pouvait qu'être refoulée en *pensée*

Une seconde vie

faible, dans la banalité et le truisme, sauf à perdurer en sous-main dans les termes du stoïcisme ou de l'épicurisme, et être condamnée comme telle à l'indigence : comme pensée sans ambition, érodée, cantonnée dans la seule recommandation pratique (au « point trop n'en faut » évitant l'excès) et se bornant à la prudence. La sagesse y a perdu l'élan et la vivacité du Désir. Platon lui-même a détrôné la sagesse non seulement parce qu'il l'a indexée sur la science, mais d'abord, plus explicitement, parce qu'il l'a réservée aux dieux comme aux bêtes, également satisfaits qu'ils sont les uns et les autres dans le confort de leur inconscience et manquant du manque qui fait progresser, celui du « désir » précisément d'où naît la « philo »-sophie. De là qu'il ne suffit pas aujourd'hui de prétendre exhumer, voire exhiber, de dessous celle-ci, comme cela se produit réactivement sous nos yeux, la posture et l'effigie du « Sage » : comme si l'on pouvait oublier ce qui l'a fracturée, pour, en en ramassant ici et là divers bouts, mélangeant les aires et les temps et refaisant jouer le mythe sempiternel du grand « Orient », en rendre la figure à nouveau viable. Il n'y a là que cache-misère d'une pensée qui, parce qu'elle a renoncé à l'exigence philosophique, n'en a

Une seconde vie

pas reconquis pour autant de pertinence en fondant dans un discours *de compensation* cet hétéroclite.

Car une telle « sagesse » n'est plus alors, de nos jours, mesurée à la discipline constituée de la pensée, qu'un discours sans *logos*, c'est-à-dire sans argument ni, par suite, raisonnement, sans concepts (comme outils) ni questionnement (comme exigence), par conséquent ni démonstratif ni persuasif, mais basculant volontiers dans l'incantatoire, et substituant à l'enjeu de la vérité son idéologie du bonheur (le « goût » de vivre) et de l'harmonie. Cette version apparemment *soft* de la philosophie, mais qui n'a plus rien à voir avec celle-ci, édulcorée et réconciliatrice parce que ignorant la vertu de la contradiction, se prévaut d'être une *philosophia perennis*, traversant les langues et les âges. Alors que la philosophie non seulement a une histoire, mais qu'elle *est* son histoire, *i.e.* se constitue de son historicité inventive, la sagesse – elle s'en félicite – est sans histoire(s). On a du coup beau jeu d'invoquer Pierre Hadot et la pratique des « exercices spirituels » pour laisser dans l'ombre comment, dans l'Antiquité grecque, l'entraînement dialectique faisait aussi partie de la formation de soi, comme « ascèse » de l'esprit ; ou que,

Une seconde vie

dans le stoïcisme, la logique faisait elle-même système avec l'éthique. Cette floraison contemporaine de la sagesse relève d'un abandon du travail de la pensée, c'est-à-dire de sa nécessaire élaboration, relevant lui-même de ce qui est bien cette fois un déni : déni de ce qu'il faut de patience et de cheminement, de ce qu'il faut traverser d'illusion et d'incompréhension, pour que soit enfin produit de l'intelligible. De là qu'elle conduise non seulement à un renoncement à l'exigence philosophique, mais également à une démission vis-à-vis du questionnement politique, celui-ci étant une dimension de celle-là ainsi que sa mise en œuvre. Or ce déni est celui du temps présent, sur lui repose l'opinion ou la *doxa* du jour. Aussi nombre de ceux qui jadis ont été philosophes se convertissent-ils aujourd'hui par facilité, de façon plus ou moins avouée, à cette sous-philosophie et en font commerce. Car c'est là le nouveau marché.

Il faut sonder, en effet, le moment présent pour comprendre les raisons d'un tel succès et pourquoi cette fausse monnaie s'est propagée : la fin proclamée des grandes idéalités projetées (le Progrès - le Salut) lui a laissé le champ libre ; le retrait du religieux et la déception vis-à-vis du politique (dès lors qu'il n'est plus

Une seconde vie

que de positionnement et n'a plus valeur d'engagement) lui confèrent une fonction de substitution : il s'agit là d'un discours à fonction d'alibi, analgésique face à la « crise » qui n'est elle-même que le titre illusoire donné au négatif – non analysé - non assumé – de notre Histoire. De plus, porteuse de bonne conscience, non d'exigence, une telle « sagesse » n'offre pas non plus de thèses ou de positions avancées permettant de la critiquer. Que dire *contre* ce rappel que la vie finalement « est belle », qu'il faut songer aux « joies simples » et se désoccuper – si ce n'est se moquer de ces inepties ? À quoi s'ajoute la complicité des médias favorisant la constitution d'une image en icône de consensualité (photo au sourire béat) et faisant croire, par là, qu'on peut entrer dans la pensée sans plus de difficulté. La « sagesse » s'est muée ainsi en idéologie du « développement personnel » où chacun se raconte avec complaisance – comme si ce prêche et cet anecdotique avaient valeur « indicielle » (pour reprendre l'ancienne notion chinoise), ou bien suffisaient à se constituer en vérité. Alors que le philosophe n'a garde, qu'on s'en souvienne, de se raconter : « Ceux qui écoutent, non pas moi, mais le discours », *logos*, disait préventivement le grand Héraclite ; et que la

Une seconde vie

philosophie – faut-il aussi le rappeler ? – *ne prêche pas*.

Il en résulte ce propos, fatalement redondant et sans arête, de la simplicité heureuse mimant la naïveté (« émerveillez-vous de la vie ! »), mélange d'hédonisme et de zénisme dont tout négatif moteur (*nég-actif*) est évacué et rejouant de façon ampoulée le grand thème d'une fusion avec le cosmique (et prenant à son avantage une tournure initiatique : le voyage, non plus à Katmandou, mais en Corée) – le tout sur un ton d'humilité se doublant d'exhibitionnisme. Comme si l'on pouvait oublier que le point de départ de la morale, à défaut de « fondement », ne pouvait se trouver dans la bonne intention affirmée, virant si commodément en posture et toujours suspecte de duplicité ; ni non plus dans l'assentiment collectif (le grégaire que dénonçait Nietzsche). On s'étonnerait, à vrai dire, que notre époque en soit tombée à ce point de niaiserie (doublée de cynisme ?), s'il ne fallait y voir le symptôme d'une raison qui, elle, est de fond et de nouveau philosophique : notre difficulté à redonner un statut consistant, en rapport à la vie, à ce que nous nommons encore, mais de façon si délabrée, du moins si dispersée, l'« expérience ». De l'*expérience*, il faudra

Une seconde vie

donc réélaborer le concept, après le succès que sa promotion, mais *partielisée,* a connu dans la science, en Europe, mais qui du même coup l'a fissurée dans son assise ; et ce pour la détacher des confusions entretenues par la « sagesse » et y trouver un appui à la *seconde vie.*

V – De l'expérience

« Expérience », en français, est à si large spectre. Au point que ce n'est pas la notion même, mais seuls certains de ses emplois spécifiés s'y détachant qui sont portés au concept et qu'a retenus la philosophie. L'allemand, quant à lui, distingue entre une expérience procédant directement du vécu, à la fois s'éprouvant dans l'intimité du sujet et s'enregistrant d'elle-même par immanence (*Erlebnis*) ; et, d'autre part, une expérience conçue explicitement en tant qu'apprentissage visant à la connaissance, et même dont on peut vouloir (Hegel) faire ainsi la science (*Erfahrung*). Ou bien, de son côté, l'anglais met à part une expérience conçue comme intervention active sur les phénomènes en vue d'en comprendre la raison, voire d'en modifier l'évolution (*experiment,* du moins chez Popper, proche de notre

Une seconde vie

« expérimentation ») ; et par là la détache de ce qui reste le sens le plus ordinaire du terme, sens plus passif, plus évasif, donnant à sonder ce qui se dépose en nous (est-ce seulement dans la conscience ?) tout au long de notre existence.

Or on voit une seule et même notion osciller, en français (en italien, en espagnol…), entre ces deux bords éloignés et qui même paraissent opposés : entre un sens prospectif, appelant sa détermination objective (transitive) et relevant d'une initiative : « faire une expérience » ; et, d'autre part, un sens, non plus émergeant, mais *immergé* : dont l'« objet » s'in-détermine, au fur et à mesure de son avancée, et dont la portée va se globalisant en relevant d'une accumulation qui n'est que rétrospectivement mesurée – ainsi parle-t-on d'un « homme d'expérience ». D'un côté, l'expérience est partie prenante d'un projet de connaissance ; or, de l'autre, elle nomme ce qui lui échappe. D'un côté, elle peut être programmée et même faire l'objet d'un protocole ; de l'autre, elle désigne ce qui ne s'acquiert qu'extensivement, dans le temps, sans qu'on s'en rende compte, et dont l'apport reste inexplicité. Or comment passe-t-on d'un sens à l'autre ? Ou bien la notion serait-elle a-cohérente, sous sa bipolarité ? – ne serait-elle qu'une boursouflure de la pensée, ou son pis-aller, ne se justifiant que par ce qu'elle dissimule d'impensé ?

Mais « expérience » n'en est pas moins un terme foncier de la langue – et même ne serait-il pas le plus foncier, le plus *ancrant* et le plus « enfoncé » ? Ne serait-il pas ce terme où la langue s'approcherait le plus près de ce qui reste inapprochable par la langue, en tout cas à quoi elle ne peut toujours qu'allusivement référer ? Aussi peut-être est-il indéracinable en raison même de ce qu'il retient d'ambiguïté, c'est-à-dire de ce qu'il sous-entend en amont d'inséparable, alors même que nous ne pouvons penser cela que de façon séparée. Dans sa part immergée, il est en effet trop « en prise » pour qu'on puisse encore dire « de quoi ». Ce qui fait qu'il est inévacuable en même temps qu'insatisfaisant, maintenant comme indéliable ce qui permet son basculement. Car c'est là un terme qui pointe ou qui puise, mais ne nomme que restrictivement. Le latin connaissait déjà les deux sens qui s'y juxtaposent et entre lesquels il oscille (*experior, experientia*) : d'une part, le sens actif, prospectif, délimitant son objet, d'essai et de tentative : *vim veneni experiri* : essayer la force, faire l'expérience d'un poison ; de l'autre, le sens récapitulatif et cumulatif où

Une seconde vie

l'apprentissage se fait de façon, non plus seulement essayée, mais durablement éprouvée, par suite aussi indéfinie et non concertée : « je l'ai appris, dit Cicéron, par expérience plutôt que par étude », *id experiendo magis quam discendo cognovi*.

Le grec (*peira* πεῖρα, *peirân* πειρᾶν) a même poussé le sens ponctuel d'essai et de tentative jusqu'au coup d'audace. « Séduire une femme » est cette « expérience » risquée ; ou bien tenter le coup comme un brigand – tel est le « pirate », celui qui « essaye » et qui tente, le *piratès*, en affrontant un « péril » (le *periculum* des Latins). Comme aussi il a développé le sens résultatif d'expérience acquise, par accumulation et dans la durée (*dia peiras* διὰ πείρας) : si j'en suis venu à ce dégoût de la politique, disait déjà Axiochos dans le Pseudo-Platon, ce n'est pas comme toi qui en parles à ton aise, en contemplant les choses de loin (*ex apoptou*) ; mais bien à partir de l'« expérience » traversée, c'est-à-dire celle qui résulte effectivement de ce qu'on s'y est trouvé à l'œuvre, à la peine (*en ergôi* ἐν ἔργῳ), au cours de tant d'années. Si l'on se rapporte même à ce qui paraît la racine du mot (**per*), « la notion originelle », conclut Chantraine, en serait quelque chose comme

Une seconde vie

« aller de l'avant, pénétrer dans ». Elle exprimerait, nous dit-on, « à la fois une percée et une avancée ».

Mais ces deux sens aussi simplement apposés seraient-ils pour autant équivalents ? Ne s'y décèlerait-il pas déjà aussi bien l'un que l'autre : aussi bien l'événement clivant, se tranchant sur-le-champ, quand on en vient aux prises avec le réel qu'on affronte (et cela marchera ou ne marchera pas), que le déroulement processuel dont provient, s'y déposant dans la durée, une leçon qu'on ne savait pas, alors, qu'on apprenait ? « Traverser », que dit ce sémantisme élémentaire, c'est aussi bien *pénétrer* une résistance que *parcourir* une distance. Or comment passe-t-on de ce premier sens au second ? Ou bien la vie ne serait-elle pas précisément le renversement, échappant d'ordinaire à l'attention, de l'un dans l'autre ? La vie ne serait-elle pas précisément cette « expérience » de l'un à l'autre ? Car ce qu'on a dû d'abord « pénétrer » ponctuellement, intentionnellement, en l'affrontant, en vient à muter de lui-même en cette nappe expansive, silencieusement engloutie, de tout ce qui s'est trouvé « traversé » dans la vie et ré-affleure alors soudain d'une seule venue, sans qu'on y pense. Or, c'est d'approfondir

Une seconde vie

cette expérience d'un second type qui rendra compte de la possibilité d'une *seconde vie*.

Car à chercher le commun enfoui du terme « expérience », d'où se justifierait finalement sa notion et ce qui le sortirait de son équivoque, on reconnaîtra qu'il lui revient de désigner, dans un cas comme dans l'autre, la *zone de contact* et d'enfoncement, d'ordinaire plus ou moins frangée, qu'entretient le sujet avec l'*effectif*. Mais soit celle-ci est envisagée sur un mode ponctuel, à la fois conatif-événementiel et faisant ressortir l'objet de sa pertinence (« faire une expérience de »). Soit elle est conçue dans la perspective, non plus probatoire d'un commencement dont on a l'initiative, mais d'un cours se développant de lui-même ; non plus d'un avènement (affrontement), mais d'un déroulement (dégagement) ; non plus de l'intentionnel (décidant l'action), mais du processuel (procédant par transformation). Elle est pensée alors, non plus comme prospective, mais comme résultative : elle n'est plus recherchée, mais récoltée. Elle ne relève plus de la transcendance du point de vue, mais d'un retour d'immanence à partir de l'investissement engagé : non plus donc sous l'angle de l'instant décisif, mais sous celui de la durée qui lentement a trié et décanté.

Une seconde vie

Cette seconde forme d'expérience se prévaut donc, non plus d'une *innovation*, mais d'une *capitalisation*. Elle n'est plus agressive (« pénétrante » : par sa force d'impact), mais elle est expansive par ce qui s'y trouve continûment « parcouru » et traversé. L'objet s'en in-détermine du fait même qu'il s'y globalise (aussi dit-on absolument : « un homme d'expérience »). Or si vivre, dans son cours, nous fait passer de la première forme d'expérience à la seconde, on comprend d'où commence la possibilité d'une *seconde vie*. La seconde vie est une reprise – relance – qui fait fonds de cette *seconde* expérience, globale et cumulative, mais *pour à nouveau tenter*. C'est-à-dire qu'elle tire parti de cette expérience capitalisante du second type, née de la mutation silencieuse qui se fait au cours de la vie à partir de la précédente, mais pour, tirant profit de ce fonds enfoui, renouer avec l'innovation aventureuse qui est celle de l'expérience qu'on nommera par opposition du premier type. De là son écart marqué d'avec la sagesse. Tandis que la « sagesse » se contente de cette seconde expérience née par capitalisation, sur le temps long, de la première, la seconde vie, quant à elle, en tire parti, se calant sur elle, *mais* pour se redonner une initiative et à nouveau essayer. Elle entreprend de mieux

Une seconde vie

commencer, de mieux tenter et risquer, de façon plus décidée, se réformant à partir de ce que la vie, dans son avancée, déjà a laissé trier et décanter, et donc aussi fait apparaître plus effectivement de ressources.

Il est vrai qu'il est sans doute plus aisé d'éclairer par la pensée le premier type, distinct, émergent, d'expérience, celle qui est probatoire et locale, et ce précisément par ce qu'elle détache événementiellement du cours continu des choses ; et, plus encore, celle qui a valeur proprement expérimentale et vise explicitement à la connaissance : c'est elle qui a eu prioritairement droit de cité dans la réflexion philosophique, en Europe, dès lors que celle-ci a définitivement pris pour idéal la science. Car, en même temps qu'elle détermine son objet, elle discrimine sur-le-champ de façon patente et sans conteste, d'entre la diversité des possibles, et par mise *en contact* directe des choses, lequel est bien l'effectif. Des expériences qui se présentent d'elles-mêmes à nos sens et par lesquelles il faut débuter, Descartes enjoint de passer à celles qui, plus recherchées, éclairant des faits plus cachés, permettront de venir de soi-même « au-devant des causes par les effets » ; et, par là, de discerner, parmi les hypothèses

Une seconde vie

envisagées, laquelle est seule pertinente. Car, ce qui est abstraitement (mathématiquement) déduit pouvant l'être de façon multiple, « ma plus grande difficulté est d'ordinaire de trouver en laquelle de ces façons il en dépend ». Tel est le *crucial* de l'expérience, l'*instantia crucis* de Bacon, permettant de choisir sur-le-champ, comme en suivant la croix de bifurcation dressée à la croisée des chemins, laquelle d'entre ces voies rivales est à garder. Descartes, à la fin du *Discours de la méthode*, appellera de ses vœux la multiplication d'une telle expérience parce que, répondant à la nécessité impliquée par la modélisation, elle peut seule faire espérer le progrès indéfini des sciences par leur vérification.

Or c'est bien sur la base d'un tel pouvoir *tranchant* de l'expérience, se manifestant dans l'instant, que la nouvelle physique, en Europe, à l'époque moderne, s'est fondée ; que son efficacité s'est démontrée : que la science a conquis son succès (et que l'Europe a acquis sa puissance). Mais, du même coup, s'est trouvée encore davantage rejetée dans l'ombre, d'autant plus immergée, l'expérience de second type procédant dans l'indistinction, par propension lente, capitalisation silencieuse et dans la durée. Car, servant de modèle, comme « instance de décision ou de jugement », comme le veut Bacon, cette expérience d'expérimentation est exemplaire de la façon dont l'esprit, « placé dans un état d'équilibre », peut opter ; et n'a pu que conforter la forme alternative en même temps qu'instantanée selon laquelle – à la croisée des chemins, entre le bien/le mal comme entre le vrai/le faux – l'expérience morale, en Europe, elle aussi s'est représentée. Non seulement, sous cette objectivité dont la science fait découvrir l'exigence, une expérience qui par retranchement serait seulement du « sujet » se trouve d'emblée délaissée ; mais se trouve aussi laissé dans l'impensé de quelle autre logique d'expérience, de second type, c'est-à-dire de quelle acquisition discrète, cumulative et résultative, peut dans son cours se prévaloir l'existence. On comprend, de là, dans quelle inconsistance – au regard de l'expérience objective et déterminée, de premier type, qu'a systématisée la science, dans l'Europe moderne – cette expérience évasive ne pouvait que sombrer ; et pourquoi le discours de « sagesse », faisant fonds de ce second type d'expérience, mais dont s'est ainsi dérobée l'assise, y paraît dès lors irrémédiablement déficient.

Une seconde vie

Car, sous le jugement de la raison théorique, l'expérience au long cours, de second type, se déposant d'abord à notre insu, par accumulation implicite, dans ce qu'on n'est même plus sûr de pouvoir isoler comme étant la conscience, est forcément à rejeter. Déjà Parménide, qui scelle la condition de tout rationalisme par l'assimilation de l'« être » et du « penser », appelait à rejeter cette façon coutumière de se conduire par expérience variant et se « multipliant » indéfiniment, s'aventurant en tâtonnant (l'*ethos polupeiron* ἔθος πολύπειρον), en « mouvant un œil » qui reste « sans visée », une « ouïe bruissante des échos » du monde – et cela au nom du *logos* de la raison explicite, seul apte à trancher ce qui est controversé et que peut énoncer contradictoirement le discours (fr. 7). De même Montaigne reconnaît-il bien, en ouverture à son dernier essai, « De l'expérience », qu'« il n'est désir plus naturel que le désir de connaissance » ; et que c'est seulement « quand la raison nous faut » (nous fait défaut) qu'on doit y « employer l'expérience » « qui est un moyen plus faible et moins digne ». Mais emploi néanmoins nécessaire, reconnaît Montaigne prenant le contre-pied de ce rationalisme, parce que l'indéfinie variété des choses et de la vie ne se laisse pas aisément subsumer, que même deux œufs peuvent différer et que le savoir de la généralité est factice.

Ce pis-aller de l'expérience, voilà donc que Montaigne est conduit offensivement à le revendiquer, et ce en dénonçant le voile dont l'abstraction fallacieuse a recouvert l'existence. De là que ce que peut énoncer le discours n'ait, aux yeux de Montaigne, plus guère de prise sur la vie : « je ne sais qu'en dire, mais il se sent par expérience... ». De là aussi qu'il faille renverser la prescription et prétention philosophique (« c'est par mon expérience que j'accuse l'humaine ignorance... ») ; et que c'est sur cette seule expérience du vécu, enregistrée cumulativement par le sujet (tel est bien le « registre » des « essais de ma vie ») et, comme telle, irréductible au concept, que peut se fonder la sagesse : « De l'expérience que j'ai de moi, je trouve assez de quoi me faire sage... » Mais peut-être Montaigne, à peine plus âgé d'une génération que Bacon, et donc au seuil du grand essor de l'expérience scientifique en Europe, n'a-t-il pas suffisamment éclairé le concept d'expérience, dont il fait l'aboutissement de sa pensée, parce qu'il n'en a pas distingué les deux strates – ces deux sens opposés : *conatif* ou *cumulatif*, *innovant* ou

Une seconde vie

capitalisant – dont le concept d'expérience tire sa capacité de jeu et de basculement. Par suite aussi ne peut-il éclairer comment on peut passer de l'un dans l'autre. Comme il en garde le terme trop confusément unitaire, il ne peut non plus le tenir à l'abri de ce qui déjà le menace : que, sous le modèle de rationalité sous lequel l'expérience se trouvera couchée en Europe en rapport à la connaissance, ce qui se décale du succès opératoire de l'*expérimental* n'en soit réduit à verser, à titre résiduel, dans la faiblesse irrémédiable de l'*empirique*. Car celui-ci, quand il ne nomme pas rigoureusement l'opposé phénoménal de la raison logique et de sa nécessité *a priori* (chez Kant), ne pourra plus alors dessiner que l'envers désespérant de l'idéel, ou bien disons du modèle se promouvant en « idéal ». *Envers* dans lequel la sagesse, en Europe, s'est trouvée confinée et s'est dès lors atrophiée.

Pour échapper à cette dévaluation de l'expérience et aussi à ce qu'a conséquemment de résigné la sagesse qui subit l'hégémonie de la modélisation par laquelle a triomphé la science, il faudrait rendre compte, en effet, non seulement de la variation indéfinie des choses et de la vie, impossible à subsumer, comme Montaigne l'a fait, mais aussi analyser

Une seconde vie

de plus près quelle est la logique de cette expérience décantée, non plus probatoire, mais discrètement distillée et s'accumulant en silence, d'un sujet *traversant* la vie – et ce au point qu'il puisse engager une seconde vie. Montaigne a bien pensé l'expérience comme « essai » et comme épreuve, et même comme « exercitation » et comme entraînement (voire celui-ci serait-il possible à l'égard de la mort ? cf. *Essais*, II, 6). Mais, même en son dernier essai, « De l'expérience », qui dresse le bilan de sa vie et de sa pensée, il ne l'ouvre pas, du moins explicitement, à l'échelle du cours de la vie et de la durée. Du moins ce sens *cumulatif*, ne l'a-t-il pas suffisamment détaché du sens *conatif* pour penser la vie dans la transition de l'un à l'autre. Il n'en tire pas suffisamment, autrement dit, l'expérience d'un second type d'où pourrait se dégager ensuite, plus distinctement, par nouveau renversement de l'un dans l'autre et retour à l'expérience de premier type, la possibilité d'une seconde vie. C'est-à-dire qu'il n'en sonde pas plus avant la dimension immergée, à la fois de sélection et de capitalisation, qui fait qu'un réinvestissement puisse à nouveau s'opérer et qu'une expérience probatoire et volontaire, émergente, puisse être à meilleur

Une seconde vie

escient « essayée » ; et qu'on puisse réformer et relancer sa vie. Ce qui permettrait que l'aboutissement n'en soit pas ce qu'en a fait traditionnellement la « sagesse », Montaigne encore, par tassement des aspirations ou des velléités de la jeunesse : la réconciliation *in fine* avec sa condition (l'accord avec la « Nature », ce si « doux guide ») ; et même une acceptation heureuse de la vie-qui-reste par capacité, enfin acquise, d'épouser la singularité du moment et sa plénitude (« quand je danse, je danse... »). Mais voilà bien qui permettrait que, de ce capital d'expérience accumulée, puisse s'ouvrir suffisamment d'écart avec la vie passée et qu'une *seconde vie* puisse plus audacieusement débuter.

Mais alors, à vouloir suivre l'expérience du sujet dans son prolongement et son épaississement temporel, selon l'accumulation progressive de tout ce qu'il a parcouru et traversé, ne serait-on pas porté à envisager cette expérience comme un *progrès* continu ? Par suite à modéliser ce cheminement subjectif, comme la science l'a fait précédemment de l'expérience qu'elle prétend objective ? Pour sortir de la confusion dans laquelle Montaigne laissait l'« expérience », ne faudrait-il pas à l'inverse, par conséquent, en reconstituer le cours de façon typique, de ce parcours proposer un itinéraire balisé, ainsi que l'a fait Hegel, celui que suivrait inéluctablement la conscience dans son avancée ? Car n'y aurait-il pas une nécessité interne à ce développement, d'une étape à la suivante, à laquelle se plieraient sans le savoir nos destins singuliers ? Ne devrait-on pas quitter, autrement dit, le vagabondage et la « fricassée » désordonnée des *Essais* pour une description enchaînée des « figures » de cet itinéraire, celles-ci en faisant apparaître la logique par leur « dépassement » successif ?

Mais ne sera-ce pas de nouveau, du même coup, concevoir ce progrès par référence à la seule connaissance, et comme si la connaissance était le seul savoir de la conscience ? Comme celui, selon les termes hégéliens, de ces deux moments adverses, ceux du « savoir » et de son « objet », mis en mouvement par leur « inégalité » même (leur négativité), et conduisant ainsi le « soi », à chaque étape, à devenir « étranger à soi » (*sich entfremden*) pour, supprimant cet élément d'extériorité, faire « retour à soi » et s'approprier ainsi ce qui lui était opposé. On présentera alors ce déroulement selon un agencement dialectique nous sauvant de l'effondrement de la sagesse – elle dont

Une seconde vie

Montaigne serait l'ultime représentant – et cela « seulement » en laissant paraître de lui-même le moteur de son développement ; et « la science de ce chemin » serait bien alors « la science de l'expérience que fait la conscience » dans sa traversée, la *Wissenschaft der Erfahrung* (préface à la *Phénoménologie de l'esprit*, III début). Mais cette reconfiguration phénoménologique d'un tel cheminement de la conscience – se concevant toujours selon l'opposition du savoir théorique (sujet/objet), c'est-à-dire aussi selon le seul enjeu de la Vérité, de son exigence de nécessité démonstrative et de façon systématique – que laisse-t-il encore sous son emprise – sous son empire – échapper ?

Car ce mouvement inhérent à la conscience par lequel, à chaque étape, elle renonce à sa certitude acquise pour passer à la suivante intégrant la précédente en la dépassant, en quoi la conscience est continuellement conduite à se « surmonter », ne reconfigurerait-il pas cette expérience au long cours à partir d'un aboutissement assigné : celui-là même qu'a posé d'emblée le philosophe qui n'entendait pourtant que décrire ? En fonction d'une finalité dont on pourra toujours se demander, par conséquent, si elle ne lui est pas imposée du dehors (du « pour nous » la considérant de l'extérieur

Une seconde vie

et lui révélant ce qu'elle ne sait pas qu'elle sait, comme prétend le faire, depuis Socrate, magistralement la philosophie). Autant dire que, en portant la conscience à délaisser son penser immédiat (*Meinen*) adhérant à l'ici-et-maintenant, mais dont elle découvre rétrospectivement la pauvreté abstraite, ce chemin hégélien de l'expérience se voit alors soumis, se prolongeant ainsi, à un devenir normatif en éclairant la logique impliquée, dont on pourra toujours soupçonner qu'il dépende en sous-main d'un Sens projeté, et donc encore d'une métaphysique (téléologie) de la destination : qu'il soit plus *construit* (de façon abstraite, en dépit des dénégations) que phénoménologiquement *décrit*, sans décoller de ce que vit effectivement la conscience – c'est-à-dire de la phénoménalité même de l'expérience, telle qu'elle se constituerait et se constaterait à ras d'existence (en quoi Montaigne avait, lui, si bien réussi). Dans ce qui serait, dès lors, non plus son but projeté, de façon plus ou moins avouée, mais seulement son résultat avéré, ce *résultatif* seul étant l'« effectif ». C'est-à-dire telle qu'elle se laisserait seulement élucider, en fait, comme expérience d'un « second type » : telle que, autrement dit, elle fait seuil à la seconde vie. Telle que de l'expérience

Une seconde vie

probatoire, momentanément essayée et risquée, elle s'enfonce, se dépose, se décante, s'indétermine et se globalise, jusqu'à devenir cette nappe enfouie, immergée, à partir de laquelle elle est portée à se reprendre, à se réinvestir et se réengager, et à meilleur escient essayer.

Car n'est toujours pas éclairé chez Hegel, sous la destination révélée par la Raison, par quelles ramifications implicites, dans la durée, mais qui n'est pas pour autant « progrès », les expériences momentanément essayées, les occasions et situations affrontées se désisolent, se relaient et se relient, s'avoisinent et se superposent, se confortent et se confirment ; n'est toujours pas élucidé par quel travail immergé de liaison, qui est, non pas celui, explicite, de l'entendement, mais celui de cumulation et de capitalisation du « vécu » (l'*Erlebnis*), ces expériences d'abord localement engagées s'indéterminent à la longue, en même temps qu'elles se globalisent, étant non pas déduites mais distillées et se fondant ainsi en une expérience de second type *sur fonds de* laquelle une nouvelle expérience, probatoire (de premier type), peut être à nouveau tentée. Cette qualification de l'expérience se fait alors, non par « dépassement », selon les

Une seconde vie

termes hégéliens, mais par dégagement ; non par « négation » (« médiation »), mais par sélection (décantation) ; non par suppression (conservation), mais par capitalisation silencieuse et réaffleurement. La logique n'en est pas de « surmontement » (une façon littérale de traduire l'*Aufhebung*), mais de ce qu'on appellera la *reprise*.

Car ce qui, en définitive, maintient l'expérience hégélienne abstraite et la fait décoller du phénoménal est qu'elle tient séparées les deux : l'expérience émanant directement (c'est-à-dire anté-prédicativement) du vécu, dans l'intimité du sujet (l'*Erlebnis*), et, d'autre part, l'expérience conçue explicitement comme apprentissage et sous la vocation du *logos* de la connaissance (l'*Erfahrung*). Ou plutôt Hegel a-t-il enfoui celle-là sous celle-ci, comme l'a fait depuis toujours l'idéalisme. Il est vrai que, sur ce « chemin » de l'expérience, la conscience est conduite à percer à jour l'inconsistance de ce à quoi précédemment – naïvement – elle adhérait. Mais cette désillusion, au lieu de conduire nécessairement à une nouvelle figure de la Vérité, comme l'a voulu Hegel la dressant en but de son itinéraire, débouche plutôt sur ce qu'on appellera « lucidité ». C'est elle qui, à titre d'instruction *négative*, mais qui

Une seconde vie

n'est pas pour autant de la connaissance, « fait seuil » à la seconde vie : elle *fait seuil* à ce qui se laisse moins concevoir abstraitement comme un progrès de la connaissance que comme – ouvrant à cette seconde vie – une promotion de l'existence.

VI – Lucidité

La lucidité n'est pas l'*intelligence*, dont le propre est la compréhension. Tandis que l'intelligence, à l'instar du langage, est une faculté, et même la plus générale, qu'elle est pour une part au moins innée, qu'elle se porte sur un objet à la fois de son propre mouvement et dans l'instant, la lucidité, quant à elle, ne nous est pas donnée, elle ne fait même pas l'objet d'un entretien et d'un entraînement : elle ne s'atteint qu'à partir d'un cheminement et de façon résultative – peut-on même se communiquer, de l'un à l'autre, ce résultat ? La lucidité n'est pas non plus la *connaissance*, celle-ci relevant plus résolument d'une acquisition. Tandis que la connaissance s'étend par domaines et par disciplines, la lucidité est une capacité globale qui ne se laisse pas morceler ni ne s'enseigne. À la rapprocher également des termes qui lui sont donnés pour synonymes, il apparaît que la *pénétration* comme la *perspicacité* (la clairvoyance) supposent que l'esprit a rencontré une résistance – une opacité – et la dépasse. Elles renvoient prospectivement, l'une et l'autre, à une situation dont la difficulté est à dénouer. Leur usage requiert un point d'application, la première se prévalant plutôt de profondeur et la seconde de netteté. Mais la lucidité, quant à elle, est issue d'un devenir : on *devient* lucide *par expérience* ; elle s'atteint processuellement et par dégagement : de la lumière vient d'elle-même, par immanence, à partir de tout ce qu'on a vécu et traversé. Pénétration et perspicacité nomment une capacité opérationnelle de l'*esprit* ; lucidité, un niveau auquel a accédé la *conscience.* Tandis que celles-là nomment le franchissement d'un embarras se présentant à la pensée, celle-ci dit la sortie d'une indistinction par laquelle on se laissait abuser. Aussi, en signifiant qu'on émerge de la confusion dans laquelle on était demeuré dans sa vie passée, la *lucidité* nomme-t-elle bien la capacité d'un sujet accédant à la seconde vie.

Ne s'acquérant pas, à proprement parler, la lucidité n'est affaire ni de méthode ni de volonté. Puis-je même *désirer* devenir lucide ? Je

Une seconde vie

désirerais, à vrai dire, plutôt le contraire : rester dans une indistinction naïve – une confusion primitive – répondant davantage, plus immédiatement, à mes souhaits ; ne me forçant pas à voir la réalité dépouillée de ses illusions ou « comme elle est ». Alors qu'on voudrait être plus intelligent ou posséder plus de connaissances, et même avoir l'esprit plus perspicace ou pénétrant, ne craindrais-je pas, au contraire, plus de lucidité ? Ne souhaiterais-je pas plutôt m'en protéger ? Il me faut en tout cas défaire, pour comprendre ce qu'est la lucidité, de même qu'à propos de l'expérience de second type dont elle a procédé, l'opposition du passif et de l'actif qu'impose la langue européenne ; par suite, sortir du registre de l'intentionnel et du choix libre et délibéré. Car la lucidité, pour sa part, est *conjointement* résultative : j'y ai été conduit par les expériences traversées en même temps que j'y ai contribué moi-même par leur prise en compte. Tous ceux qui ont subi des expériences négatives ne sont pas pour autant devenus lucides, il y faut aussi une collaboration du sujet, acceptant de les laisser entrer dans le champ de sa réflexion. De la lucidité me vient de tout ce que j'ai vécu et qui a dissout et défait peu à peu – a effrité et morcelé, fissuré et craquelé, par contrainte exercée du dehors en même temps que rectification personnellement assumée – ce qui obscurcissait ma conscience à titre de représentations de l'esprit s'interposant à mon insu et me voilant la réalité – « réalité » sortant alors de sa nébuleuse équivoque pour signifier précisément *ce qui reste* après ce retrait.

Car d'où venait ce voile ou plutôt ce que je comprends maintenant, rétrospectivement, en venant à l'effilocher et peu à peu le déchirer, comme étant un « voile » ? De ce que véhiculent la morale et les codes enseignés et déjà de ce que colportent les mots appris tissant interminablement leur réseau de croyances et de conventions : c'est-à-dire de tout ce qui s'est introduit d'idéologie entre l'esprit et la réalité effective et dont doit se désabuser la conscience. Car, de par cette lucidité *décapante*, elle-même résultant d'une expérience *décantée*, qui s'est imposée malgré nous, mais a été aussi réflexivement méritée, ce que nous pouvons entendre par l'« effectif » prend enfin sens : il est le réel à nu, déshabillé. Comme Descartes « déshabillait » la cire de ses qualités secondes, qualités manifestes, mais où « l'inspection de l'esprit » demeurait confuse, et ce seulement en l'approchant du feu, voici de même que du « réel » se laisse déshabiller au seul *contact*,

Une seconde vie

se prolongeant, de l'*expérience*. Ce seul contact a suffi en même temps qu'il est seul à pouvoir aboutir à ce résultat. Je vois alors, non pas « au-delà », en attente de Révélation – selon l'opération de la méta-physique conduisant au dédoublement du monde – mais *au travers* : j'atteins au filigrane – à la fibre – qui, dans la trame ou l'élément de la vie, laisse transparaître une tout autre configuration des choses. Car la première représentation donnée, celle affichée, celle qui sert couramment, tendait à la masquer ou du moins ne la laissait guère apparaître. De là que la lucidité est, non pas *découverte*, mais *découvrement*. Comme le tracé épuré du filigrane, la lucidité naît d'un dépouillement laissant émerger, de dessous tout ce par quoi l'esprit se laissait offusquer, ce qui dès lors n'est plus enjolivé – ni enrobé ni embué ni englué. « Hiver lucide », l'a nommé Mallarmé.

Car seule cette rigueur suffisamment éprouvée dans la durée (l'« hiver ») délivre des faciles adhérences, défait le confort d'illusions dont l'esprit a si peur d'être libéré. La maladie aussi, ou peut-être premièrement, participe de ce dénudement. « La santé, le bonheur » sont des « œillères », a-t-on dit ; « la maladie rend enfin lucide ». Elle rend lucide, en effet, parce qu'elle fait décrocher de ce qu'on a trop aisément (complaisamment) accordé comme allant de soi – et ne serait-ce pas d'abord la vie passant inaperçue « dans le silence des organes » ? Parce qu'elle a fait désadhérer du fonctionnel imposant par trop naïvement son « évidence » et sa normalité. Et d'abord celles de ces moindres gestes, moindres mouvements, qu'on faisait auparavant sans y penser et qui, maintenant que je peine à les exécuter, sont devenus étrangement problématiques et font entrevoir ce qu'ont pu dissimuler de chaos les régularités acquises (ou disons tout aussi bien les conformités admises). En nous mettant en retrait, sur la touche, de la grande marche *s'auto-reconduisant* des choses, ou qu'on croit « naturellement » portée à se reconduire (comme le fait chaque nouveau matin), la maladie nous donne du recul sur celle-ci et nous la rend sujette à caution, en éveillant la suspicion : l'adhésion s'y renverse en interrogation. En nous dissociant de la vie assurée, elle nous laisse apercevoir ce qu'est plus essentiellement – plus *étrangement* – la vie et qu'on ne pouvait, sinon, soupçonner. Mais la lucidité à laquelle on parvient alors ne fait pas pour autant verser dans le pessimisme ou le dolorisme, eux ne seraient qu'une nouvelle

Une seconde vie

construction et superposition de l'esprit et ne valant pas mieux que la précédente. Elle n'est pas faite de résignation et de renoncement, pas même d'apaisement, comme le veut la sagesse, dès lors qu'elle ouvre sur la seconde vie (qu'on *fait* qu'elle ouvre à cette seconde vie) – le pessimisme aussi est paresse.

En effet, de ce qui s'est ainsi désassuré, de toute la « langueur » traversée, peut résulter un « gai savoir », *gaya scienza* l'a nommé Nietzsche en relevant de maladie (dans sa préface au *Gai savoir*). « Gai », c'est-à-dire alerte, parce que jouissant d'avoir enfin conquis son initiative, et ce en rompant jusqu'à sa plus foncière adhérence, l'adhérence au vital, et par là d'avoir fissuré, d'un coup, dans leur assise, tous les dogmatismes. *Gai* parce qu'on en a perçu la vie plus à la racine, en ce qu'elle a bien, originairement, de risqué, qu'on en a soutiré plus de radicalité et qu'on retourne à l'offensive, avec l'élan du défi, ne craignant plus d'oser ni ne perdant plus une minute du peu de temps qui reste. De ce que la maladie nous a appris, ou plutôt dont elle nous a dépris, naît bien un soupçon « dangereux » à l'égard de tout ce à quoi jusqu'à présent ingénument on se fiait ; mais ce soupçon lui-même est fécond à hauteur du risque affronté. De ce voguage dans

Une seconde vie

l'incertain puisque plus rien désormais n'est acquis et garanti – qu'on n'est même plus sûr de « son » corps, que tout en nous-même, à tout instant, peut chavirer – ne reviendrait-on pas « nouveau », en effet, *neu geboren*, ayant lavé dans cette confrontation, dans ce côtoiement secret et continu de la limite, la vie et le monde de leur lassitude ? Ne revient-on pas avec une « seconde, plus dangereuse innocence » – « innocence dans la joie » – *mit einer zweiten gefährlicheren Unschuld in der Freude* ? Car telle est bien là la nature *inaugurante* du *second* que découvre la lucidité.

Si le grec n'en possède pas précisément le terme, Platon en a pensé le concept. Et cela pourtant dans un de ses textes les plus théoriques définissant le statut de l'Être et de l'apparence, la communication des genres entre eux ainsi que la nature de la dialectique – mais n'est-il pas vrai aussi que l'on « trouve tout » dans Platon ? Platon a dit en une phrase comment venait la lucidité à partir de cette expérience accumulée et décantée, d'où on voit procéder la possibilité d'une seconde vie :

> *Pour le plus grand nombre de ceux qui entendirent, à cet âge, de tels discours, n'est-il pas inévitable, Théétète, qu'une suite suffisante d'années s'écoulant,*

Une seconde vie

> *l'avancement en âge, les choses abordées de près, les épreuves qui les contraignent au clair contact des réalités ne leur fassent changer les opinions reçues alors, trouver petit ce qui leur avait paru grand, difficile ce qui semblait facile, si bien que les simulacres que transportaient les mots s'évanouiront devant la réalité vivante ?* (traduction A. Dies, *Sophiste*, 234 d-e).

De la *lucidité*, Platon éclaire en effet les deux conditions conjointes : ce qu'apporte le temps « venant en plus », autrement dit ce qu'il y faut d'« avancée » dans la vie ; mais aussi que, si l'on en vient ainsi à « tomber au plus près » de la réalité des choses, *toîs te oûsi prospiptontas egguthen* τοῖς τε οὖσι προσπίπτοντας ἐγγύθεν, c'est qu'on y est contraint par les épreuves traversées. Il en éclaire également la nature spécifique : qu'on « touche » alors « en pleine clarté » aux « étants » (*ephaptesthai* ἐφάπτεσθαι : on met le doigt « sûr »), c'est-à-dire à la fois qu'on se trouve mis alors *dans* la lumière (*enargôs* ἐναργῶς : cette clarté est globale) et qu'on se trouve directement au « contact » des choses – tel est bien l'effet de *contact* que constitue l'*expérience*. Il en éclaire enfin la conséquence : le renversement des « opinions » formées dans l'esprit, ou plutôt subies, dans ce premier temps de la vie. Ces représentations auxquelles on adhérait précédemment étaient proprement des « phantasmes » qui reposaient dans des discours et qui se trouvent désormais ruinés par ce qu'il est « survenu » dans nos vies : au sein de tout ce qu'on a fait « en plus » et qui s'ajoute de jour en jour, de ce qui s'est ainsi déposé en nous, une action après l'autre (*en tais praxesin*), autrement dit la *capitalisation* de l'expérience.

Il en résulte qu'une telle lucidité ne s'enseigne pas, et même peut-elle se devancer ? Le jeune Théétète répond à l'énoncé d'une telle définition en montrant qu'il la comprend bien du fait qu'il comprend qu'il ne peut pas complètement la comprendre. Lui qui est si jeune ne peut *effectivement* en juger : lui qui est pourtant si doué quant à l'intelligence (si bon géomètre) « s'en tient encore séparé », reconnaît-il, parce qu'il n'est pas encore suffisamment avancé dans la vie et n'a donc pas encore acquis l'expérience qui seule peut lui en donner la conscience. Il s'agit là de ce dont il ne peut avoir, pour le moment, qu'une compréhension abstraite, en esprit. La question se pose dès lors légitimement, dans le dialogue, de savoir si l'on pourrait tant soit peu hâter ce qui n'est pas un apprentissage, une instruction,

Une seconde vie

à proprement parler, mais ce désillusionnement de la vie : si l'on peut un tant soit peu précipiter, risquant alors la contradiction, ce processus de *décapage* (des opinions) ne s'obtenant que par *décantation* (de l'expérience) ; et épargner ainsi à l'adolescent les épreuves à traverser pour qu'il puisse accéder plus tôt à cette lucidité. Ce sera là du moins, de la part du maître, une « tentative » (*peirômetha*, dit Platon) qui est retour à l'« expérience » du premier type : l'expérience à tenter qui est au cœur même de la pédagogie, et ce précisément en portant la pédagogie à sa limite.

Surtout apparaît-il bien qu'il s'agit là d'un « renversement » qui met en pièces le voile d'illusions dont l'esprit abusait la conscience : celui, idéologique, véhiculé par le discours de l'opinion auquel on adhérait auparavant et qui masquait l'effectif ; et non pas d'un renversement d'opinion, comme il peut aussi en advenir avec l'âge, c'est-à-dire qui ferait passer d'une opinion à une *autre* opinion, voire à une opinion inverse. Platon, en effet, en laisse bien apparaître la différence. Il est ainsi courant, note-t-il ailleurs (*Lois*, X, 888 b), qu'on ait été porté à l'athéisme dans sa jeunesse, et ce par réaction à l'encontre des pieux récits inculqués dans l'enfance, puis qu'on redevienne religieux

Une seconde vie

avec l'âge et s'en retourne aux croyances établies. L'esprit alors se range. Je dirai qu'il s'agit là d'un effet de *vieillesse-sagesse* par renoncement à l'audace de la pensée conquérante et démystifiante et, par là, retour rassurant dans le lit de l'orthodoxie. Or la lucidité doit se penser à l'opposé d'un tel changement de croyance ou d'opinion : elle n'est pas de troquer une conviction contre une autre, celle-ci serait-elle préférable ; elle n'est pas une nouvelle adhésion ou conversion. Pas plus qu'elle n'est basculement de l'optimisme naïf, candide, dans le pessimisme de la résignation. Elle est au contraire sortie de ce régime d'inféodation de l'opinion – de toute opinion – pour « toucher » enfin du doigt aux « étants » eux-mêmes, comme le dit Platon, et accéder au « plus près » (par *contact*) de l'*effectif*, celui-ci étant déshabillé du discours qui le recouvrait.

La lucidité est issue de *certitudes négatives*, par conséquent, mais en tant qu'elles ne portent pas à conversion : vérité *de retrait*, pour ainsi dire, qui ne prête plus à construction et ne s'ajoute pas. Elle procède, non d'un geste volontaire de l'esprit, toujours quelque peu arbitraire, mais de ce que s'est peu à peu fissuré, de ce que s'est peu à peu désarticulé jusqu'à tomber en miettes, sous les coups de boutoir d'une

Une seconde vie

expérience si lente à s'intégrer, ce qui précédemment occultait sa capacité. Dire que l'illusion est percée à jour signifie qu'une vérité s'est dégagée de ce qui la recouvrait dans le discours. Non seulement elle défait le simulacre de la société et de ses conventions, mais s'y trouve aussi imperceptiblement acquis, ou plutôt enfin admis, que la vie n'est pas comme on nous l'a appris. Des déviations qui se sont ainsi enregistrées et s'accumulent dans la durée, on n'a pas d'abord, le plus souvent, à part soi le discernement ; mais (puis) elles se trouvent progressivement réfléchies entre elles à partir de leurs recoupements. De ce savoir le sujet n'a pas la maîtrise ; il ne le collecte même pas, au mieux se voit-il indéfiniment l'entasser jusqu'à ce qu'il se mette plus résolument à l'assumer. Ce savoir tient sa consistance, non de ce qu'il convainc, mais de ce qu'il se corrobore ; par suite de ce qu'il évince de simulé ou de supposé, à force de lui-même s'imposer. Et ne serait-ce pas d'abord qu'on « parvient » dans la vie par de tout autres chemins que ceux qu'on nous a enseignés ? Non pas je « doute » (le verbe spéculatif), mais maintenant je me *défie*. Je sais désormais « à quoi m'en tenir » : des intrigues et des ambitions, des jeux de pouvoir et d'intérêt, des lâchetés qui réussissent, de la médiocrité qui fait triompher ; et encore que faire semblant, gérer l'image et la rumeur, le plus souvent, est suffisant... Parce qu'il s'agit là d'un savoir de capitalisation, ce savoir ne peut qu'échapper à la philosophie, dont la valeur est d'argumentation et qui tranche dans l'instant du raisonnement. Le roman (de la conscience), en revanche, a été inventé (en France : de Stendhal à Proust) pour mener le récit de ces illusions perdues conduisant le sujet – ou plutôt le tirant malgré lui – à la lucidité qui fait seuil à la seconde vie.

Ce *malgré soi* de la lucidité est à méditer. Car non seulement s'y trouve percé à jour ce qui rend ce déshabillé indécent, la vérité inconvenante dans sa nudité. Car non seulement la lucidité est intolérable pour la société dont elle porte à dénoncer les rouages, menaçant ainsi sa régulation, et donc est aussi inacceptable que peut l'être, dans les rapports personnels, la sincérité. Mais la lucidité ne se trouve-t-elle pas aussi refusée – refoulée en nous-même – par la vie même, c'est-à-dire par ce qui en nous veut vivre et, par suite, *veut* se tromper sur la vérité ? Car ce qui se dévoile alors, dans ce cheminement vers la lucidité, est que la vérité à laquelle on prétend si légitimement aspirer est peut-être elle-même contre

Une seconde vie

nature (ce si « dangereux peut-être » qu'évoquait Nietzsche), ce qui fait qu'on n'en veut rien savoir, et cela au moment même où l'on dit aspirer à ce savoir. Et d'abord notre effort de lucidité ne vient-il pas se cogner, en effet, contre cet inacceptable : que ce qui s'oppose à notre désir – le négatif de ce désir – est aussi nécessaire à sa possibilité ? Que ce contre quoi se bat notre désir, ce dont il veut triompher, est aussi la condition de notre désir ? Ou jusqu'où veut-on bien voir que la vie serait insupportable sans la mort ? Ou que *thanatos* n'est pas tant l'autre d'*eros*, mais ce qui le meut intérieurement et l'attise – ce devant quoi, dans *Par-delà le principe de plaisir*, la lucidité freudienne elle-même a vacillé.

Il est encore facile, en effet, de dire, comme le fait Freud, qu'il serait mieux « qu'il y ait une Providence », « qu'il y ait un ordre moral du monde ainsi qu'une vie dans l'au-delà » ; mais qu'il nous faut faire effort de lucidité et reconnaître que ce sont là des « accomplissements de souhaits », *Wunscherfüllungen*, qui font de la religion une « illusion » (dans *L'Avenir d'une illusion*). *Mais* ne faudrait-il pas être plus lucide encore, descendant encore l'escalier – au lieu de la sempiternelle « ascension vers la vérité » – et reconnaître à notre tour que ces « souhaits » eux-mêmes *peut-être*, en fait, nous ne les souhaitons pas ; et que nous voulons nous-même nous faire illusion en nous laissant (faisant) accroire que ces souhaits, qui seraient les plus fonciers, nous souhaiterions effectivement qu'ils « s'accomplissent » ? Freud ne s'accroche-t-il pas encore à de l'illusion, autrement dit, quand il projette ainsi ces souhaits rationalistes ? Quand il croit – ou plutôt ne feint-il pas de le croire pour arrêter là le soupçon ? – que le but de l'homme serait « l'amour des hommes et la restriction de la souffrance », *die Menschenliebe und die Einschränkung des Leidens* ? N'a-t-il pas peur, lui qui a eu si peu peur de penser, de ce que, en retirant cette ultime adhérence (ce dernier sparadrap), il laisserait alors, de terreur, apparaître ? Non pas tant qu'il soit à nouveau idéaliste en remplaçant l'illusion religieuse par la confiance dans la science et le primat à venir de l'intellect (le « dieu Logos »). Mais voilà qu'il renonce à penser en acceptant comme vérité non questionnée que ce monde meilleur soit effectivement notre « souhait ». Car désirons-nous vraiment que les choses « aillent bien », et même qu'elles aillent selon notre désir ? Ou n'avons-nous pas besoin de le croire pour qu'il reste vitalement quelque chose à quoi l'on tienne et sur quoi *du désir*

Une seconde vie

puisse reposer, un vouloir s'exercer ? C'est-à-dire jusqu'où peut-on supporter, *i.e.* sans menacer la vie même, de déshabiller du « réel » et de le « toucher » (*aptein* ἅπτειν) ? *Jusqu'à quel point* ose-t-on déchirer de voile – de revêtement – et défaire d'assurance ? Œdipe n'a pas pu faire autrement que s'aveugler (pas même se suicider) d'avoir mis ainsi à nu – à vue – ce qu'il était. Sur ce chemin de la lucidité, ne s'arrête-on donc pas toujours *en chemin* ?

Qu'une vérité se révèle du cours même de l'effectif, mais que le discours s'entende le plus longtemps à la recouvrir, comme on le voit dans le cas d'Œdipe, et ce parce qu'on ne veut rien connaître de cette trop dangereuse vérité et qu'on y cède seulement acculé par la nécessité, se vérifie aussi, et même exemplairement, concernant ce qu'il faudra bien appeler, en conférant à ce concept sa rigueur, la *lucidité politique.* De même que face au refoulement du sujet qui s'analyse, la lucidité politique est ce qui rencontre collectivement le plus de résistance et dont la fonction des médias (à distinguer de ce que peuvent être individuellement des journalistes) s'entend d'ordinaire à organiser le recouvrement. Ils insèrent bien la nouvelle de ce qui est effectivement constaté, mais l'entourent ou la noient, par

Une seconde vie

consentement ambiant (on pourrait dire aussi bien lâcheté), dans un flux d'autres qui dès l'abord en divertissent. Tant en politique aussi on s'entend à ne pas vouloir entendre ce qu'on sait bien, tacitement, être effectivement la vérité. On s'en est moqué touchant la France d'avant 1940, face à la montée de l'hitlérisme. Mais ne pourrait-on pas en dire tout autant, sur un mode mineur, aujourd'hui (fin 2016 : après quatre années de présidence hollandaise en France) ? Chaque fois qu'une nouvelle économique défavorable est annoncée (dans un pays qui ne produira plus, il ne peut plus y avoir que de telles « nouvelles »), elle est aussitôt enchâssée dans un montage, y compris dramatique, et par suite enrobée et enfouie par le Discours médiatique qui la communique, et ce en même temps même qu'il la communique, de sorte que toute attention à son égard est détournée. En politique également la *lucidité* pointe vers ce savoir qu'on sait bien, mais qu'on ne veut pas savoir, et que le discours qui l'énonce, captateur d'audimat, se charge de faire oublier.

Car l'intelligence, avec sa bonne volonté, en reste aux vérités qui peuvent être le plus difficiles à concevoir, mais demeurent acceptables, c'est-à-dire telles qu'elles ne soient pas

Une seconde vie

une menace vis-à-vis, non pas tant de nos croyances que, plus originairement, de nos *adhérences*, elles par lesquelles nos croyances sont fondées. On est prêt à construire autant qu'on veut dans la pensée, selon le fameux « désir de vérité » et défiant l'énigme, mais tant que n'est pas remise en question la viabilité – fiabilité – de ce qui sert d'assise à notre vie comme à notre pensée. À l'égard de ce qui jetterait un soupçon sur elle, on n'y vient qu'à reculons et « contraint », comme le disait Platon. C'est pourquoi la lucidité ne se fait que par forçage et démantèlement progressif de tout l'appareil discursif et idéologique par lequel *tiennent* à la fois la vie et sa « vérité ». Car on « veut » bien, non pas la vérité, mais une certaine vérité, comme l'a vu Nietzsche. *Lucidité* nomme, en revanche, la vérité qu'on ne veut pas, mais qui s'impose à nous et malgré nous, non par annonce extérieure et fracassante Révélation, mais modestement, du sein même de la vie écoulée et peu à peu réfléchie, de l'expérience décantée et ce qui s'en distille discrètement, empoisonnant, il est vrai, le confort de la vie et de la pensée – et qu'on peut chercher à se dissimuler ou bien qu'on décide d'affronter. L'affronter, et même en tirer parti, est ce qui ouvre sur une seconde vie.

Une seconde vie

Et je nommerai « dégagement » la capacité de se retirer de ces adhérences sans pour autant construire à nouveau, superposer derechef du discours et se convertir.

VII – Dégagement

Comment retourner et restituer en positif, en effet, la perte des illusions d'où peut émerger une seconde vie ? C'est-à-dire comment renverser cette expérience négative en condition d'idéal, faire de ce retrait un *accès* ? Ce décapement est un « dégagement » ; ou disons que la seconde vie est la vie *dégagée* : comme la lucidité procède de l'expérience, ce dégagement procède de la lucidité. Car dégager ne signifie pas seulement délivrer de ce qui gêne, qui obstrue, qui entrave et qui embarrasse ; et, par là, retrouver du champ libre redonnant son initiative au sujet – et ce jusqu'au populaire et politique « Dégage ! » réclamant frontalement, avec la force comminatoire de l'impératif, sans plus de détour ni d'ambages, la démission de l'opprimant et la restauration d'une liberté (récemment encore lors du « Printemps

Une seconde vie

arabe »). Dégager ne dit pas seulement qu'est levé l'obstacle qui bloquait la rue, l'écran qui barrait la vue : qui bornait l'horizon et privait de la profondeur et du lointain d'un paysage – le ciel se dégage ; ou jouir d'une vue dégagée. Mais dégager signifie aussi extraire hors de l'accumulé, de l'enfoui et de l'engoncé, et que cela permet de mettre en valeur, en relief, ce qui s'y trouvait confusément mêlé et ne ressortait pas, lui conférant dès lors une dimension qu'on ne soupçonnait pas. Et cela au propre comme au figuré : l'habit de cour « dégageait sa poitrine et ses épaules » (de Mlle de Breil) ; ou bien, dit-on, dégager des idées. *Dégager* n'invente ni ne requiert autre chose, n'est en attente de rien d'extérieur, mais déploie la ressource contenue, par retrait de ce qui la renfermait, et sans que plus rien dès lors la limite. Par suite, une aisance est atteinte, une allure est acquise, une légèreté est gagnée, qui permettent d'évoluer de façon alerte et par là souveraine vis-à-vis tant des gens que des choses. Comme elle « lui disait cela d'un ton fier et dégagé, le père Barbeau en fut inquiet… ». « Dégagé » est le terme éthique qui dit le contraire de l'« empesé » (le terme repoussoir dans Stendhal) : sans appuyer (sans théoriser ni dogmatiser), il dit à lui seul la vocation de l'ex-istence.

Une seconde vie

Dégager dit la vocation de l'ex-istence parce qu'il dit que c'est en se « tenant hors », ce que signifie proprement *ex-ister* (*ex-sistere*), *hors* de ce qui contient et retient dans l'exiguïté des buts et la préoccupation des choses et, par suite, dans l'enfermement en un monde, qu'on accède à la capacité d'émergence et d'essor de la vie – de l'*essor* contraire à la platitude et la stagnation de l'« étale » : celle que déploie précisément la *seconde vie*. Et ce seulement en tirant parti des ressources impliquées dans la vie, mais qui jusqu'ici, n'étant pas triées et décantées, n'étaient pas non plus déployées. Sans donc qu'il y ait là à introduire de scission d'avec le monde, sans qu'il y ait là à dédoubler le « réel », à supposer – à projeter – une autre vie (qui serait la « vraie vie »). Mais la seconde vie est la vie qui s'est émancipée d'une première vie qui s'endiguait ou, pis encore, s'enlisait. En quoi le dégagement est bien le conséquent de la lucidité. Comme elle, il est progressivement atteint, procède d'un déroulement, s'amorce par transitions et petits décalages qui d'abord s'opèrent à notre insu, n'est pas visé mais osé, n'est pas choisi mais assumé, et donc est résultatif. Mais, tandis que la lucidité est une exigence de l'esprit, ou plutôt de la conscience à l'encontre de ce

Une seconde vie

qui embue l'esprit, le dégagement étend cette exigence au comportement, la déploie en air et en ton, en style et en mode d'expression, en maintien et en attitude, l'inscrit globalement dans l'*ethos* et le mode de vie. De là qu'un tel dégagement n'ait pas été porté au concept, que la notion en soit restée sous-développée et que la philosophie, qui en a bien perçu l'idée (Platon critique de la « micrologie », *smikrologia* σμικρολογία), ne l'ait pas plus amplement élaborée. Car définir la « seconde vie » comme une vie qui, à partir de la lucidité acquise, est une vie dégagée requiert un ébranlement d'ensemble de nos catégories. Ne serait-ce que parce qu'un tel *dégagement* est lui-même une notion qui n'est ni proprement morale ni purement intellectuelle : qui ne relève ni du Bien ni de la Vérité, les deux piliers de notre pensée.

Il faut entendre, en effet, ce que ce *dé* du *dé-*gagement contient de généralité ou, disons mieux, de « portée » qui ne se laisse pas restreindre à quelque domaine ou quelque objet particulier : un tel « dégagement » n'est par principe pas susceptible d'*assignation*, de localisation et d'attribution, qui le spécifierait dans le champ du théorique ou bien du pratique ; qui le découperait en fin de « connaissance »

Une seconde vie

ou bien d'« action », selon le grand partage atavique de la philosophie. De même faut-il entendre ce qu'il implique de processuel : que ce retrait n'est pas rupture, qu'il n'oppose pas un monde à un autre monde – il ne construit pas d'antinomie et se refuse, par là, au grand jeu de la métaphysique. Lui non plus ne cède pas à la commodité de la Coupure. Ce dégagement n'est même pas délaissement ; il ne dit pas le renoncement et l'abandon – il n'est pas un désengagement. Il dit seulement que, en lui, se défait le lien qui fixe et qui astreint ; que s'y libère une capacité, et ce seulement par désadhérence et dilution du compact et de l'opacité. Il n'invoque pas une « seconde vue », mais s'émancipe des courtes vues. On n'y quitte pas abruptement les choses – pas d'ascétisme ; on s'y dispense de toute déchirure dramatique et théâtrale d'avec le monde et ses occupations, mais on n'y subit plus leur rigidité et leur emprise. Le dégagement n'est donc pas une sortie de la Caverne : nous n'étions pas précédemment le dos tourné à la lumière et ne percevant que des ombres ; et ne nous attend pas, à la sortie, l'ascension d'un chemin « rude » et « rocailleux », escarpé, conduisant à la Vérité.

Parce qu'il ne répond pas au grand schéma

de l'entrée en philosophie, au conflit allégorique de la lumière et de l'obscurité, nous n'avons pas pensé le dégagement. Force sera donc de lui tailler sa place par clivages successifs en le séparant, facette après facette, de ce qu'il n'est pas. Car (1) le dégagement extrait de l'opacité compacte (de la compacité opaque), mais *n'est pas abstraction* : il ne suppose pas de disjoindre le sensible et l'intelligible ; ne constitue pas un autre plan, des essences ou des généralités, auquel il faille accéder. Par suite (2), le dégagement *n'est pas évasion ou conversion* : il n'appelle pas à « fuir » vers un Ailleurs, selon le grand geste de la métaphysique, vers un Là-bas divin ou des idées ; il ne tourne pas vers une autre réalité, d'un autre ordre, à laquelle il faille adhérer. Car (3) le dégagement est en lui-même *sans direction ni destination* : il implique une distance ouvrant le champ libre à l'essor, mais n'assigne à celui-ci aucun « vers », aucun *zu*, aucun but ou terme à son déploiement. Le dégagement, à vrai dire, n'est même pas une « élévation », le grand terme spiritualiste, mais dit plutôt une expansion ; il vaut autant en amplitude qu'en altitude, n'est pas axé sur la verticalité qui régit d'ordinaire l'échelle des valeurs (le « en haut », *anô* ἄνω, platonicien ou chrétien, « Ciel » des idées ou

Une seconde vie

de la divinité). Il se contente d'exprimer la sortie d'un coincement et d'un confinement d'où découle, par extension des perspectives, une largeur qui est, non pas seulement de vue, mais de vie. Le propre du dégagement est donc qu'il ne donne pas accès à quelque chose d'autre que lui (un salut, une vérité) et ne débouche sur rien qui le dépasserait ; qu'il ne met même pas sur la voie, qu'il est sans visée qui le traverse et qui le transcende. Mais, dissolvant tout but, il est *en lui-même* accès. En quoi il est bien le terme anti-métaphysique par excellence.

Parce que le dégagement n'implique pas une rupture de plans, qu'il n'entérine pas la « coupure » dualiste (le *temnein* τέμνειν platonicien), celle du visible et de l'intelligible, qu'il échappe donc par principe à la métaphysique ; parce qu'il n'est pas affaire de vérité, mais se diffuse en air comme en attitude, se répand en mode de vie et de comportement, le dégagement est, en revanche, ce que n'a cessé de penser une pensée telle la chinoise. La « subtilité » de la décantation dont il émane, qui se diffuse et ne cesse de laisser passer, est ce que la langue chinoise a su dire : le thème du *vent* notamment, qui passe invisible, mais infléchit visiblement la végétation, est un de ses plus

Une seconde vie

vieux motifs et entre dans tant de compositions sémantiques qui disent l'« air » émanant du visage et de l'attitude. Le « retrait », mais qui n'est pas scission d'avec le monde, est ce qui n'a cessé de tenter le lettré cherchant une marge au politique. Et, s'il ne convertit pas à une vérité, ce dégagement ouvre à la disponibilité d'où se déploie la vocation qui fait le peintre et le poète. Sa catégorie en est indissociablement esthétique autant qu'éthique, elle est de vie et d'art à la fois.

On le lit déjà dans ce passage de Confucius (*Entretiens*, XI, 25). Quand il demande un jour à ses disciples d'oublier un instant qu'il est leur aîné et de dire sans ambages ce qu'ils aimeraient faire, si le monde les reconnaissait, chacun donne libre cours à son ambition : le premier se fait fort, en trois ans, de remettre un pays courant à sa ruine sur la bonne voie ; le second d'y ramener au moins la prospérité ; le troisième de savoir prendre part *au moins* aux cérémonies princières et diplomatiques. Ces réponses vont *decrescendo* parce que le Maître a commencé par sourire, et ne dit toujours rien. Or, quand il s'adresse au quatrième, celui-ci, qui continuait de jouer en sourdine, dépose alors sa cithare qui laisse entendre un dernier son – n'était-ce pas là déjà sa réponse ? Puis, enhardi par le

Une seconde vie

Maître, il évoque comment il aimerait, vers la fin du printemps, en tunique légère, aller se baigner dans la rivière avec quelques compagnons, accompagné de jeunes garçons, humer la brise et rentrer en chantant... Or, sans peser par un commentaire, parce qu'on ne persuade pas d'avoir à se dégager, ni qu'il y ait lieu là à jugement moral, Confucius, poussant un soupir, dit seulement, exprimant discrètement son assentiment : « je suis avec toi ».

Ce dégagement peut, comme chez Confucius, durer le temps d'une éclaircie dans la vie, d'une pause ou d'un aparté. Ou bien il peut être au centre même d'un enseignement, mais qui précisément alors n'enseigne pas, d'une parole qui n'est plus alors parlante ni adhérante (言无言), comme c'est le cas dans le *Zhuangzi* qui ne cesse de pointer vers un tel *affranchissement sans visée.* Car comment faire signe vers un tel dégagement si ce n'est en sortant de la clôture du langage et en portant celui-ci à la limite de son évasement ? Le *Zhuangzi* le fait dès les premières lignes, dès les premiers mots, le premier titre : « Évoluer à l'aise sans destination » (plus encore que dans ce signifié, il faut entendre un tel dégagement dans son signifiant faisant onduler et ondoyer le phonème : *xiao yao you* 逍遥遊). Tandis que

Une seconde vie

la pensée d'un autre monde (d'une autre vie) appellerait un langage symbolique, articulant le concret et le spirituel pour le représenter, il suffira d'introduire la démesure et la disproportion faisant *déborder* le monde pour sortir le monde (la vie) de son exiguïté. La page d'entrée du *Zhuangzi* débute sur l'essor de ce qui se déploie en amplitude comme en altitude, ouvrant d'emblée la perspective aux horizons infinis. Sa figure liminaire n'est pas quelque être qui peut être contenu dans le monde et serait déterminable par son identité, ou bien appartiendrait à un autre monde, quelque évocation idéale ou du paradis – mais elle appelle à décaler et déplier le point de vue : un poisson dont le dos « mesure on ne sait combien de milliers de *li* » s'y transforme en oiseau dont les ailes « pendent comme des nuages ». Grâce au puissant courant qui le porte, celui-ci peut atteindre jusqu'aux confins nébuleux. Or qu'apparaît-il à pareille distance ? – de ce recul quelle scène se laisse encore repérer ? « [Est-ce] des chevaux au galop, de la poussière qui voltige ou l'haleine des êtres vivants se soufflant les uns sur les autres ? » Quand on a pris autant de champ, qu'on accède à cette immensité, faut-il encore trancher entre des déterminations ? Faut-il

Une seconde vie

encore se maintenir dans le terre-à-terre des spécifications ? Faut-il encore discriminer dans ce tourbillon et cet effluve élémentaires ? Car quelle serait la « juste » couleur de ce « ciel azuré » ?

D'emblée, la perspective acquise fait voir, non pas *autre chose*, mais *autrement* les choses ; ou plutôt ne les fait-elle plus apparaître dans leur assignation de « choses ». D'avoir accédé à un tel dégagement affranchit celles-ci de la détermination qui les clôt, les fixe et les spécifie. Tout dépendra par conséquent de ce qui porte à cette ampleur et permet un tel décollement qui ne connaît plus d'entrave ni de limitation. Car renversez l'eau d'un verre dans un creux : « un fétu de paille y flotte » ; mais, « si l'on y dépose le verre, il adhère ». Or ceux qui restent au niveau du sol, au ras des choses, tels ici la cigale et l'étourneau de la fable, se contentant de voleter d'un arbre à l'autre, restent fermés à cette possibilité : ils se posent ici et là, selon le peu d'élan qui les porte, mais ne *décollent pas* et restent *adhérants*, englués dans leur courte vue. Ils n'ont donc pas l'idée d'à quelle autre perspective ils sont fermés, de quels horizons infinis ils sont privés ; et, demeurant dans l'ignorance de cette incompatibilité d'échelle, ils n'ont, pour l'essor dans

Une seconde vie

les nuées – comme à l'égard de l'Albatros de Baudelaire (ce « vaste oiseau des mers ») – que ricanement. Celui-ci également, sur le sol où il est tombé, « Ses ailes de géant l'empêchent de marcher ». Or « Heureux celui qui peut d'une aile vigoureuse »/« S'élancer dans les champs lumineux et sereins », dit aussi chez nous le Poète. Mais, dans la pensée du *Zhuangzi*, la différence d'échelle ne conduit pas à trancher métaphysiquement entre deux sortes de réalité : les « espaces limpides » abordés n'y sont pas d'un « air supérieur » ; il n'y a pas de « par-delà les confins » qui soit celui de l'« esprit » s'y mouvant avec « agilité ». L'« essor » de l'envol, autrement dit, n'est pas l'« exil » (« Exilé sur le sol... », est-il dit du Poète maudit par son monde comme de l'Albatros). Ni le dégagement n'est « Élévation ».

Le *dégagement*, en tant que tel, n'est pas habité par la nostalgie d'un autre monde. Il ne convertit pas à une autre réalité : la distance qu'il prend avec le monde ouvre un espacement qui n'est pas dépassement ; il appelle, non pas à une évasion, mais à un *évasement* de ce monde. Il suffit de se libérer de l'assignation des choses, c'est-à-dire de l'usage déterminé qui y clôt et y confine. De courges d'une telle ampleur, réplique Zhuangzi aux arguties d'un

Une seconde vie

sophiste (*ibid.* chap. 1, Guo, p. 36), qu'elles ne peuvent servir de jarres, les parois n'en étant pas assez solides, ni qu'on peut débiter en tranches pour en faire des coupes, car celles-ci seraient trop plates pour rien contenir –, ne peut-on que les jeter au rebut, n'y voyant plus d'usage ? Ou bien ne pourrait-on pas s'en servir de nacelles, ou de bouées, pour, se laissant porter par elles, flotter librement sur les fleuves et les lacs… ? Ou bien tel arbre dont le tronc est trop bosselé pour épouser l'encre et le cordeau, ou les branches trop tordues pour suivre l'équerre et le compas, et auquel le charpentier ne daigne même pas jeter un regard, pourquoi, plutôt que de se désoler de son non-usage, ne pas le planter « au pays où il n'y a rien », dans « la plaine vaste à l'infini » ? Pourquoi ne pas se promener « sans rien faire à son ombre », évoluant à l'aise (*xiao yao you*), ou « se coucher à son pied » ? N'y a-t-il pas là un *ample usage* du « non-usage » qui, sortant de l'univocité à laquelle nous bornons les « choses », redonnant du champ à leur déploiement, en déplie plus généreusement la ressource ?

Quelle est la connaissance, en effet, à laquelle donne accès le dégagement ? Ou qu'est-ce qu'une *connaissance dégagée*, celle-ci devant caractériser

Une seconde vie

la seconde vie ? On ne la définira pas par son objet et sa méthode, mais par son mode d'appréhension et sa disposition d'esprit. Elle est *ample*, poursuit le *Zhuangzi* (chap. 2, Guo, p. 51), spacieuse et par conséquent à l'aise 大知閑閑 ; et non pas « exiguë » et « mesquine », étriquée et s'embarrassant de ses distinctions 小知閒閒. Aussi cette connaissance dégagée enflamme-t-elle d'un coup par sa parole, tandis que l'autre, vétilleuse, est verbeuse. Dans ce dernier genre de connaissance, et donc de vie confinée, les gens demeurent, dormants comme éveillés, dans un entremêlement continu avec le dehors qui les tient en une lutte incessante : aussi « indolents », « dissimulés », ou « secrets », sont-ils constamment dans l'« anxiété », pour ne pas dire dans l'« angoisse ». Car, au stade de cette connaissance étriquée, on ne cesse de déclencher des jugements pour ou contre « comme le ressort d'une arbalète » ; puis on reste attaché à sa « victoire » comme des conjurés à leur « serment » : cette connaissance *décochante* comme on décoche une flèche, émettant réactivement ses coups, est le contraire de la connaissance dégagée qui n'a pas le souci de riposter. Or c'est celle-là qu'illustre la joute philosophique, précise le commentateur, où chaque école (les mohistes/les confucéens) ne

Une seconde vie

cesse d'affirmer ce que l'autre nie et de nier ce que l'autre affirme. Chacun s'y enfonce et s'y enlise, s'y « scelle » et y absorbe son énergie jusqu'à s'épuiser : l'esprit s'y retrouve alors aux portes de la mort et plus rien ne lui laisse recouvrer la lumière. Tant il est vrai que les affects et les attitudes les plus diverses se succèdent interminablement en nous, bloqués que nous sommes dans cette étroitesse, aussi naturellement que « la musique sort d'un tube creux » ou que « les vapeurs font germer la moisissure et les champignons »... Et l'on reste dans l'incompréhension du grand renouvellement du monde qui se produit inépuisablement sous nos yeux.

Or comment s'opère alors le délestage existentiel aboutissant au dégagement, celui-ci devant constituer en lui-même l'ultime étape puisqu'il n'a pas à déboucher sur autre chose ? Une vieillarde, dont on s'étonne qu'elle ait gardé le teint d'un petit enfant, retrace, l'un après l'autre, les jalons de cette « persévérance » (守, *ibid.* chap. 6, Guo, p. 251) : au bout de trois jours, j'étais en mesure de me débarrasser du vaste monde (littéralement : de le traiter comme « extérieur ») ; puis, au bout de sept jours, des choses à proximité, celles qu'on juge de nécessité ; puis, au bout de neuf jours, [du souci même] de ma vie : ayant traité la vie même comme « extérieure », on peut alors atteindre à la « transparence du matin » 朝彻, plus rien ne faisant écran et n'encombrant. Mais sur quoi celle-ci dès lors ouvre-t-elle, si ce n'est pas sur un autre savoir ? « Voir [l']unique » 见独, est-il dit de façon laconique, mais qui n'est pas métaphysique : une fois qu'est décapé son esprit, qu'est retiré tout ce qui recouvrait et encombrait sa vie et qui est d'abord la vie même, c'est-à-dire le souci même de sa vie, apparaît le fond(s) commun, en amont, d'où se détachent en se clivant les oppositions (et d'abord « passé »/« présent », « la vie »/« la mort ») ; et d'où l'esprit, devenu disponible, parce qu'il n'est plus enlisé d'un côté ou de l'autre, peut accompagner l'un aussi bien que l'autre, l'allée comme la venue, l'« affaissement » comme l'« avènement » des choses.

Ce n'est donc pas dans quelque au-delà consistant, à vocation d'Être ou de Dieu et livré comme une vérité, ou serait-ce seulement dans quelque troisième terme en dépassement et réconciliant, qu'il faudrait chercher un aboutissement. Mais c'est dans la réduction (neutralisation) de ce qu'ont posé les oppositions ainsi que dans la perception de leur renversement que consiste en soi l'accès, qui n'est autre en lui-même qu'une *viabilité* qui se renouvelle du

Une seconde vie

seul fait qu'elle n'est plus entravée (telle est la « voie », *tao*). Car qui « tue la vie » (se débarrasse du souci de la vie) « ne meurt pas » ; et qui « vit-vit » (ne cesse de se préoccuper de sa vie, cf. *Zhuangzi*, Guo, p. 255) « ne vit pas ». « Ne pas mourir » ne relève donc pas d'une quelconque immortalité, à statut de croyance, mais de ce qu'on a fait mourir en soi l'attachement (l'asservissement) à la vie en atteignant dans son esprit ce point de retrait et de désentravement – de dégagement – où même l'opposition qu'on croirait première (la vie/la mort) n'est pas encore « posée » (avec ce que toute *position* contient d'arbitraire) et n'a pas introduit sa séparation réductrice.

Il y aurait donc deux types de vie (*ibid.*, p. 265 suiv.) : la vie enlisée, « enclavée » dans son monde 方之内 et, par suite, embourbée dans son opacité ; et, d'autre part, la vie dégagée, se tenant « hors du monde » 方之外, mais sans que ce *hors-monde* se constitue pour autant *en autre monde* : cet « au-delà » ne fait adhérer à rien d'autre et n'intègre pas, ne convertit pas. Tout au plus peut-on dire de cette seconde vie, quand on la figure de l'extérieur (du point de vue de « Confucius » dans le *Zhuangzi*), qu'on y évolue alors « de pair avec le créateur des êtres », au niveau du souffle unitaire (originaire)

Une seconde vie

qui est celui du Ciel et de la Terre dans leur immensité. Mais comment l'évoquer en elle-même, de façon interne et qui ne soit plus cet enrobement cosmologique ? Le « taoïsme » en a fait sa marque de fabrique, qui ne peut être que paradoxale, mais lui sert logiquement d'expression rhétorique privilégiée. On ne peut évoquer cette vie dégagée au sein du langage qui, lui, *démarque* et *détermine*, qu'en éliminant aussitôt de lui ce qui démarque et détermine : qu'en évacuant aussitôt, de ce qu'on dit de positif, ce qui en fait la positivité ; qu'en retirant aussitôt, de ce qu'on vient d'avancer, ce qui en est la retombée. C'est-à-dire qu'on retire systématiquement de la parole, en même temps qu'on parle et qu'on énonce, ce qu'une telle parole, en énonçant, a du même coup de bordant, de bornant et de limitatif. Ainsi « parle-t-on sans parler » 言无言 : on ne se confie pas au silence de l'ineffable, ou ne s'y confine pas (la façon classique, apophatique, de renvoyer à ce qui serait la transcendance d'un autre monde) ; mais on retire aussitôt, en parlant, ce que ce dire a de « dit » ; ce que tout énoncé a de « posant » et d'imposant. Aussi est-il dit, de cette vie dégagée, qu'on s'y « affaire sans s'affairer » 事无事 : on s'y occupe, mais sans se laisser prendre à l'affairement de ses occupations ; on

Une seconde vie

y « évolue », autrement dit, dans une « occupation désoccupée » 逍遥乎无为之业. Il en va de même de la relation avec autrui : on s'y lie, mais sans s'y laisser lier 能相与于无相与, c'est-à-dire en se sauvegardant de la dépendance qu'établirait d'elle-même la relation. Ou bien encore, dans cette vie dégagée, sait-on « savourer sans savourer » 味无味. C'est-à-dire qu'on sait éprouver la saveur du monde (on n'a pas quitté le sensible de ce monde), mais en libérant la saveur de ce qu'elle a d'exclusif et d'adhérant : en en épousant la « fadeur », elle qui ne se laisse pas scinder entre des saveurs rivales et par suite prête indéfiniment à la savouration.

Aux yeux du monde, ceux qui accèdent à cette vie dégagée en s'écartant de la vie ordinaire se cantonnant dans le monde, mais sans s'inféoder pour autant à quelque autre monde, paraîtront fatalement « excentriques » (*ji ren* 畸人 dans le *Zhuangzi*). Dans la Chine du ritualisme, ils défient les comportements imposés jusqu'à afficher la posture inverse : au lieu de respecter les cérémonies de deuil, les voici qui chantent les jambes nonchalamment écartées et en battant de l'écuelle ! Dans le classement des caractères et des modes de vie, ils formeront une rubrique à part, à la fois admirée et suspectée : la catégorie qui, vue du dehors,

Une seconde vie

est la catégorie de ceux qui suivent leurs penchants et donnent libre cours à leur inspiration (*ren dan* 任诞), vivent à l'écart, « perchés » et non pas installés (*qi yi* 栖逸 dans le *Shishuo xinyu*, chap. 18 et 23). Au IIIe siècle, après l'effondrement du pouvoir centralisé des Han, dans une Chine à nouveau divisée où l'impératif de faire carrière ne s'impose plus, on a célébré de tels « sages » ou bohèmes du « Bosquet de bambous » qui, se délectant des écrits taoïstes comme s'adonnant à la boisson, tentent de vivre en retrait du pouvoir et font d'une *vie dégagée* leur aspiration : ils n'ont cure des jugements du monde, ont une parole émancipée et sont poètes. En effet, qu'ils ne laissent pas leur vie s'enliser dans le monde donne un essor, s'ouvrant en fonds infini, à leur pensée, que seule la poésie peut exprimer. Ou ne serait-ce pas déjà plus simplement – plus élémentairement – de siffler ou siffloter à son gré (*xiao* 嘯) ?

Car le sifflement *déjà* est un dégagement – mais qui songerait à penser, ou seulement à créditer d'intérêt, ce qu'est siffler ou « siffloter » ? N'est-ce pas vraiment trop minime pour être médité ? Or *siffler* laisse épancher librement le sentiment sans commencer de l'abstraire, dit le détachement intérieur, mais sans avoir à l'expliciter, est une modulation

Une seconde vie

ou variation continue qui n'a pas besoin de s'articuler. Un sifflement (sifflotement) n'a pas de sens si ce n'est d'exprimer de façon indicielle (et non pas symbolique) qu'on a pris du champ, qu'on n'est plus sous la pression du monde, de ses contraintes et de ses restrictions ; et même seulement qu'on n'est pas accaparé par ce qu'on est en train de faire. Il est un comportement de la vie immédiate, mais à portée infinie ; comme tel, il vaut enseignement, et même qu'aucun ne surpasse, mais qui bien sûr n'enseigne pas. Auquel on se laisse aller pour s'épancher, auquel on se livre sans y penser, mais qui donne pleinement passage à l'être – ou plutôt à l'« air » – à l'aise et dégagé qui ne se laisse plus confiner en ce monde ; l'*ethos* et l'art ne s'y séparent pas.

Or peut-on communiquer plus élémentairement à travers un tel sifflement et jusqu'où peut-on y exceller ? Peut-on même le hiérarchiser ? On raconte qu'un de ces personnages jugés excentriques, mais qui est un des plus grands poètes chinois (Ruan Ji, *ibid.*, chap. 18, 1), connu pour son art de siffler, s'en va en quête d'un homme qui serait encore plus retiré – à la lisière du monde – et qu'il aperçoit enfin juché en haut d'un pic. Après lui avoir rappelé, en bon lettré, les enseignements du passé, puis

Une seconde vie

les principes du taoïsme, mais en vain, sans le dérider, il pousse un long sifflement. « Peux-tu refaire ? » lui dit l'autre en riant. Puis quand, après avoir à nouveau sifflé, dépité, il s'en descend de la montagne, il entend alors un son retentissant au-dessus de lui, recouvrant tout, tel un roulement de tambour, faisant résonner bois et vallées. Se retournant, il s'aperçoit que c'est l'autre qui s'est mis à siffler... Il n'y a pas là Parole, voix céleste et révélation (d'un autre monde ou d'une autre vie). Mais voilà que le dégagement du monde atteint une ampleur sonore qui *déborde* le monde.

Le dégagement ne débouche pas sur une vérité émanant d'un autre monde, mais produit un affranchissement du monde-se-bornant-au-monde, du monde se bordant en monde, qui permet d'évoquer ce monde – le seul – en le lavant de son opacité, à son stade suprême d'essor et de limpidité (清新). Qui n'a pas accédé à ce dégagement, sait le lettré chinois, n'accède pas non plus au monde ou *tao* de la peinture ; ou, si l'on peint des bambous, c'est pour peindre la *limpidité* du monde. La fine tige élancée du *bambou* – dépliée trait à trait, à la fois ferme et souple, déliée et sans opacité, tout en déploiement mais sans encombrer, ne s'étalant pas et laissant passer

Une seconde vie

la lumière – déploie dans son essor l'*essor* du monde (dans Su Dongpo, au XIe siècle, évoquant les bambous de la peinture de Wen Tong). Aussi, pour peindre des bambous, ne suffit-il pas de s'héberger à l'adret de la montagne, dans un bosquet de bambous, de boire et de manger parmi eux ; mais c'est « en regardant et écoutant », dans un détachement (évasement) « se perdant à l'infini » 视听漠然, sans que plus rien « puisse troubler l'esprit », qu'on peut, au lever du jour, « évoluer » de compagnie avec eux ; au coucher, s'en être fait des « amis ». On a « délaissé » les autres et même « soi », « de concert avec les bambous, on s'est transformé » ; et, n'ayant pas « cherché » le *tao*, mais l'ayant « fait (laissé) venir » 致而不求, soudain, « sans même qu'on s'en rende compte », « oubliant qu'on a le pinceau dans les mains et du papier devant soi », « de façon drue », exubérante, [cela] « surgit » 勃然而兴 : « des bambous se dressent en forêt »…

Des bambous *ne se représentent pas,* en effet, et même ils ne se peignent pas : une *mimésis* est impossible. Leur jaillissement figure (actualise) en lui l'essor d'un dégagement, mais n'est bien sûr en rien symbolique. Ou même ne suffirait-il pas de regarder un bambou, ou mieux le reflet d'un bambou sur le mur, par

Une seconde vie

une nuit de lune, tel que le recommande le lettré – tel qu'il n'est pas abstrait, mais décanté ? Non pas donc dédoublé par dépassement de l'apparence, comme l'exige la métaphysique pour en atteindre la réalité intelligible ; mais délivré de l'engoncement qui menace tout « réel » en en faisant une chose – *res* inerte – et, le « réifiant », en perdant l'*essor* par étalement. Ce *second* s'en détachant sur le mur ne « duplique » pas, mais il *désenlise*.

VIII – Second amour

Il faudra étendre à la vie entière une telle vertu du *dégagement*. Et cela d'abord à l'égard du premier de nos investissements – l'« amour » – pour échapper à la fatalité de son étiolement. Si un second amour est, non pas la répétition, mais la *reprise* d'un premier amour, en quoi s'est-il détaché de ce premier ? Non seulement quelle *lucidité* a-t-il acquise, quelles illusions a-t-il percées à jour, c'est-à-dire quelle bulle mythologique de l'Amour, telle qu'elle est portée par le discours, a-t-il enfin crevée – et ce sous l'épreuve silencieusement enregistrée de l'*expérience* ? Mais aussi de quel enlisement auquel se trouvait insidieusement condamné le premier amour a-t-il ainsi émergé ? Car non seulement le second amour vient de ce qu'on a mis à nu ce qu'est en soi l'« amour ». De ce qu'on en a retiré l'enrobement chimérique et la fabulation ; de

Une seconde vie

ce qu'on a su lire dans la trame de l'Amour tout autre chose que ce qu'on en a tant dit ; de ce qu'on a reconnu combien l'amour est équivoque entre le don de soi d'une part et, de l'autre, le désir de posséder l'autre (l'*agapé* et l'*eros*) ; combien, sous figure de générosité, il peut encore être intéressé ; ou combien, sous couvert d'aimer l'Autre, on peut (veut) aussi lui faire du mal. Car non seulement on a perçu combien l'amour est théâtral et bruyant dans sa déclaration ; et déjà, vis-à-vis de soi-même, combien se dire « je suis amoureux » est une pose. Mais encore le second amour nous a-t-il affranchi de ces deux choses à la fois : de la *primarité* du premier amour, c'est-à-dire du besoin « primaire » de conquête et de captation ; et, du coup, de la dialectique du manque qui, rassasié, devient dégoût, ou de la satisfaction qui devient déception. Le premier amour était soumis au désir qui, comblé, se renverse en ennui – en quoi se défait la vie du couple, si elle ne se *reprend* pas. Or le second amour s'est dégagé de la passion, c'est-à-dire de la passivité qui est l'envers de la possession, pour s'ouvrir à tout autre chose : pour se déployer, dans l'intime auquel il accède, à l'infini de la *présence* ou de l'« être près ».

Car la question n'est pas de savoir si l'on ne

Une seconde vie

peut aimer qu'une fois ou bien si l'on pourra aimer plusieurs fois. On en a suffisamment débattu dans les salons, comme d'un éternel sujet de conversation, « entre hommes » qui s'en disent experts, accoudés à la cheminée, la main élégamment passée entre deux boutons du gilet (l'entrée en matière à la Maupassant). Elle n'est pas d'opter pour l'un ou pour l'autre : de considérer, comme un « secret » de tous connu, que « Quand notre cœur a fait une fois sa vendange/Vivre est un mal… », ne laissant plus espérer que répétition (« Semper eadem », titre Baudelaire) après ce paradis perdu. Ou bien que « le plus fort de tous nos amours n'est ni le premier ni le dernier, comme le confie le Don Juan des *Diaboliques*, mais le second », le premier n'en étant que l'ébauche et la préparation. La question n'est même pas de se demander si ce second amour implique de changer de partenaire et de divorcer. Car ce deuxième amour d'après le divorce peut n'être que la redite du premier, et non pas sa reprise et son dégagement. Comme on peut aussi bien ne pas avoir besoin de rompre avec l'autre, mais conduire ensemble ce réengagement faisant suite au désenlisement résolu d'une relation qui s'étiolait ; et, se « remariant » avec lui, déployer ainsi conjointement la vie en *existence*.

Une seconde vie

Il n'en reste pas moins qu'un tel amour ne dure qu'en un second amour devenu lucide et se décalant peu à peu d'un premier amour porté à s'épuiser ; et faisant accéder *à deux* au *second* de la seconde vie.

Mais pourquoi ne peut-il s'agir que d'un *second* amour et non pas d'un *nouvel* amour ? C'est qu'on ne développe, tout au long de sa vie, qu'une seule façon de tendre à sa satisfaction et d'« aimer ». La forme de mon désir s'est nouée de façon archaïque, dès mon enfance ou plus tôt encore, comme se noue un destin pesant inéluctablement, désormais, sur l'avenir du moi-sujet. Comment, par quelle grâce ou miracle, pourrait-on en changer ? On s'y enferme plutôt et s'y enferre à mesure qu'on avance en âge ; et ce qu'il peut advenir d'inversion, tant dans le « destin de pulsion » que dans le « choix d'objet », nous maintient encore dans le même – le désir en soi est maniaque. Qu'une reprise soit possible, en revanche, tient à ce que la logique du premier amour se tarit d'elle-même. Le premier amour était fait de conquête et de découverte et ce nouveau, à lui seul, le portait, cette première fois étant toujours vécue, dans sa primauté immaculée, en première fois du monde. Ce premier amour, qui veut s'imposer à l'Autre, se suffit de son succès et même de son insuccès.

Une seconde vie

Or on peut le répéter, de façon compulsive, une deuxième et même une énième fois, ce n'est toujours pas là le second amour. Car le second amour implique de se décaler peu à peu de cet amour itératif faisant passer du désir à sa satisfaction où s'ennuie le désir. Soit qu'on opère ce dégagement de concert avec l'Autre, soit qu'il faille changer d'Autre pour l'opérer. Tandis que le premier amour vaut par sa force d'investissement portant à la possession, de cet autre (petit *a*) faisant son objet jusqu'à la fixation, le second amour naît du dé-couvrement et du dé-capement, de dessous cette mythologie imposée de l'Amour, d'une ressource qui est autre. Non plus celle, primaire, de la captation, ou bien au contraire de la passion, l'une étant aussi limitée que l'autre ; mais celle de l'inépuisable qui s'est *dégagé* d'elles, cet *inépuisable* s'approfondissant de ce qui devient la *rencontre* entre des *sujets* se découvrant dans l'intime de la présence partagée.

Le premier amour, à vrai dire, s'ébroue d'abord dans la facilité. Il est porté par l'essor d'un nouveau qui ne s'est pas encore émoussé. Par l'attrait du désir et de la séduction ; par la naïveté des commencements (la première fois qui ne sait même pas qu'elle est une « fois » s'intégrant dans une succession) ; par ce qu'ont de fascinant la découverte et son

Une seconde vie

improvisation. Il est porté, hissé, par la gradation de la conquête. Tout lui est permis : il a toutes les excuses ; tous les emportements et les égarements s'y trouvent d'emblée légitimés (par cette Fin suprême qu'est l'« Amour »). La violence lui va bien ; il se conforte de sa fougue affichée et de sa véhémence. Car non seulement le premier amour est soutenu par un futur : par ce qu'aujourd'hui prépare de demain, par ce qu'on y projette de rêves à deux, d'enfant conçu et de maison qu'on habitera. Mais il est de plus calé par sa modalité même – qu'il autorise et qui l'intronise à la fois – emphatique et volontiers tragique. Et d'abord par la commodité rhétorique de l'extrême et du superlatif (le plus « au monde » de la langue classique). Il s'accrédite et se congratule de ce qu'il s'octroie d'emblée d'exceptionnel, y compris dans la plainte ; comme aussi il se met à l'aise et se voit consacré par la célébration inlassable de l'Autre. Il se campe dans l'absolu (« amour - toujours ») et croit s'y rendre inatteignable. De même se voit-il confirmé, étoffé et rassuré, par la dramatisation qui l'habite : les crises et les jalousies aussi le meublent, les « je te quitte » et les rebondissements, les dépits et les serments ; il est varié et motivé par l'alternance et même aussi par la souffrance.

Une seconde vie

Car « peut-être était-ce à cette angoisse qu'il était redevable de l'importance qu'Odette avait prise pour lui ». La souffrance aussi fait partie de la facilité du premier amour.

Or ce premier amour contient en lui sa perte inexorable. Perte du désir et perte du dehors, celle-ci entraînant celle-là. Le désir sans distance, cloîtré, muré, ne désire plus – avant même qu'il ne soit rassasié. De la proximité gagnée naît aussi la familiarité qui fait verser la rencontre dans le côtoiement (coudoiement) où l'on ne se gêne plus avec l'Autre : l'*écart* (l'égard) qui tendait la liaison et faisait se regarder est perdu. On nomme lassitude cette retombée : « Et cependant ce n'était pas seulement la lassitude d'Odette qu'il s'ingéniait à prévenir, c'était aussi la sienne propre ; sentant que depuis qu'Odette avait toutes facilités pour le voir, elle semblait n'avoir pas grand-chose à lui dire. » Le futur prometteur s'est renversé et refermé en son contraire : « Mais une fois qu'ayant songé avec maussaderie à cet inévitable retour ensemble... » Que la passion qui fait le premier amour ne soit plus animée par la souffrance, elle s'en retourne alors à l'indifférence – Proust n'a pas entrevu la possibilité d'un second amour. Car qu'est-ce ensuite que la vie de mariage avec Odette, Swann ayant si

Une seconde vie

bien mué « en mari incurieux et prudent » ? De fait, invoquer seulement la lassitude née de la satiété, ou bien l'érosion due à l'habitude, cantonne beaucoup trop dans le psychologique, comme on le voit chez Proust, dont la vérité n'est qu'un enfermement des sujets dans leur moi respectif. C'est perdre de vue que, derrière ces formulations et représentations commodes, ce qui se joue est la perte de l'Autre qui, comme telle, est d'une logique beaucoup plus générale touchant à la possibilité même de l'altérité. Car, dès lors que la relation s'établit, l'Autre s'y trouve intégré : il ne peut plus par conséquent être abordé comme « autre ». *Intégré* signifie qu'il s'inclut dans notre horizon et n'en déborde plus ; que l'« Autre » s'y trouve aliéné par assimilation à notre monde : il n'est plus de Dehors – de Lointain – dont il puisse émerger : tout *essor* est sapé. Or, dès lors qu'il y a là logique, et non pas fatalité, n'y a-t-il pas prises aussi pour inventer ce qui échappe à ces conditions et les déjouer ?

Car le second amour n'est pas une façon de s'accommoder de cette perte du premier amour. Ce n'est pas qu'on est passé de l'impétuosité du désir à la tendresse et l'affection – ou du brûlant momentané de la flamme à

Une seconde vie

la lueur continue des braises, ou de l'embrasement (embrassement) à l'attachement. Ce glissement de la passion (pulsion) au sentiment est dans la trajectoire du premier amour conduisant en douceur à son étiolement. Ce n'est pas non plus que, après la ruée de la captation-possession, chacun s'en retourne peu à peu à son indépendance ; que, par desserrement du lien, chacun retrouve de sa liberté : cette tolérance aménagée vis-à-vis de la vie de l'Autre est l'autojustification du premier amour qui se distend et pâlit. Le second amour n'est pas un second temps du premier amour parce qu'il n'est pas le *modus vivendi* trouvé après la retombée de la passion et de son emportement (débordement) : il n'est pas une version moins dramatisée, moins déchirée, moins débridée, plus sereine, moins intense, du premier amour : ce n'est pas l'amour-passion rentrant dans l'ordre de la raison et s'intégrant dans le quotidien et la durée. Ce n'est donc pas un premier amour adouci, amorti, assagi, c'est-à-dire accédant au mode résigné et réconcilié, ou même aimablement souriant, en tout cas moins extrême et moins osé, de la *sagesse*. Mais c'est que s'y découvre, après la perte des illusions du premier amour, une autre ressource de ce qu'on a appelé trop

Une seconde vie

confusément – paresseusement – l'« amour ». De là que le second amour est prêt au contraire à aller jusqu'au bout, à tout entreprendre, à tout risquer (il n'a plus rien à perdre), pour *se dégager* de tant de banalité-fatalité et sortir d'un tel entravement.

Car le second amour, lui qui a percé le mythe de l'« Amour », lui qui n'est plus « aveugle », a compris ce que le premier amour contenait de facilité ; et même risquait de comporter de semblant au moment même où il ne pouvait laisser soupçonner sa sincérité. Il a compris notamment ce que la célébration de l'Autre abritait d'une autojustification de soi ; ou que c'est des qualités que je projette sur l'Autre, dont je le pare en l'idéalisant, que je l'aime. Il a compris aussi le théâtral qui accompagne toujours peu ou prou le premier amour : ce que le fameux « je t'aime » avancé a malgré soi de « posé » et d'imposé ; et ce que l'érection en exception – le piédestal de l'Amour – installait déjà de rôles impartis ; voire, ce que le recours à l'hyperbole avouait d'inassumé que cette emphase cherche à compenser. Mais il a compris aussi autre chose : ce que l'amour a non seulement d'équivoque, entre la possession de l'autre et la donation de soi, l'*eros* et l'*agapé*, mais aussi de double, de trouble

Une seconde vie

et d'ambivalent ; ou que le renversement est proche de l'amour à la haine ; ou du désir de faire du bien au besoin de faire du mal à l'autre et de le sacrifier (« je t'aime », mais, parce que je t'« aime », me permets de te mutiler). Il a compris combien le premier amour se posant en absolu contient par-dessous d'ambigu qu'on se garde par-dessus tout d'envisager. Tant on *ne veut pas*, à son égard surtout, la lucidité.

Or un « amour » ne devient possible dans la durée que de ce qu'il se retrouve ainsi à nu devant lui-même. Et d'abord de ce qu'il ne se fie plus aux promesses de l'avenir, ne rêve plus d'« éternité », a compris qu'il ne pouvait pas reporter, mais sait qu'il est cantonné dans ce présent qui est le *temps-qui-reste*. La phrase muette de chaque matin : nous existons encore. L'inquiétude qui l'habite n'est plus que nous nous quittions, par jalousie ou trahison, par quelque drame de la passion, ou pis de sa satiété ; mais que nous soyons – que nous *serons* – séparés par la mort. Et cette crainte, nul serment ne pourra la lever : le second amour découvre à l'ombre de la mort, *in umbra mortis*, son intensité. Comme aussi il ne se fie plus à ce qu'a eu d'exceptionnel son choix d'objet (cet Autre qu'on a tant célébré), ou du moins que cela ne lui suffit plus, le second amour naît de ce que nous nous retrouvons désormais, sans plus d'appui, l'un devant l'autre. Tels Adam et Ève chassés du paradis, nous ne pouvons compter que sur ce que nous saurons vivre *à deux*.

Là se franchit le seuil qui fait sortir de la primarité de l'amour à l'envers de sa paradisiaque « primauté ». Là se découvre, de dessous ce que recouvrait le premier amour par son édénique facilité, cette ressource insoupçonnée du second amour : que nous pouvons commencer d'« ex-ister », l'un et l'autre, en *sujets* l'un vis-à-vis de l'autre parce que chacun « se tenant hors de soi » dans l'Autre – *se tenir hors* (du confinement du moi) devenant alors la qualification de l'*ex-istence*. En effet, je ne pose plus l'Autre en « objet », de conquête et de possession, celui du fameux « je t'aime » ; mais je l'érige en « sujet » face à moi, à la fois en instance d'initiative et source d'humanité comme moi, car me trouvant par lui *débordé* de moi-même. De là que l'expansion et promotion du second amour n'est plus tant dans le futur projeté, ni dans le fruit convoité, mais qu'elle se découvre dans l'*entre* tensionnel ouvert par ce débordement réciproque (ce que dit, mais si pauvrement, l'« inter-subjectivité ») : de cet « entre »

Une seconde vie

qui n'est pas de l'« être », dépourvu qu'il est d'en-soi et de propriété. Et comme la ressource qui se déterre ainsi de dessous le tarissement de l'amour est celle de la subjectivité *entrouverte* des sujets, la dimension du second amour n'est plus tant l'« absolu » (de qualités célébrées dans l'Être, comme dans le premier amour : le « je trouve tout en lui ») que l'*infini*. Face au fini du monde et de la vie, cet infini sera celui de l'*intime* auquel le second amour est l'accès.

J'ai nommé l'« intime » la teneur du second amour. Le second amour est fait, non plus de passion tournant à la déception, ou du moins rencontrant fatalement sa limite, mais d'*intime* qui se découvre inépuisablement d'entre les sujets. Du premier amour posant l'autre en objet, il est clair qu'il peut ne pas être partagé (je t'aime/tu ne m'aimes pas) – c'est même là ce qui le dramatise et fait qu'on a trouvé tant de plaisir à l'analyser : qu'on peut en faire des romans qui, à travers crises et rebondissements, ne cessent d'explorer et d'exploiter ce différend. Mais l'intime implique en lui d'être réciproque. C'est même là déjà ce que dit la langue : je suis intime avec toi, nous « sommes intimes », c'est-à-dire que nous nous instaurons également – conjointement – en position de sujets sans plus qu'il y ait à discriminer à qui

Une seconde vie

des deux cela est dû. Ou plutôt nous sommes *devenus* intimes : l'intime, selon la logique du *second*, procède d'un déroulement et d'une décantation ; l'intime aussi est *résultatif*. Mais d'où procède plus précisément cet « intime » ? Comme nous sommes devenus lucides non seulement vis-à-vis de l'Amour, mais tout autant vis-à-vis du monde, que nous avons perçu l'un et l'autre, chacun de son côté, comment y prévaut l'intrigue, aussi bien le semblant que la médiocrité, nous avons entamé ensemble, nous rencontrant dans cette désillusion, la frontière qui nous séparait l'un de l'autre (Lucien et Mme de Chasteller à Nancy). Nous avons ébréché l'un et l'autre le quant-à-soi sous lequel chacun jusque-là prudemment s'abritait, et ce pour faire entrer l'Autre « en soi-même », et même au « plus dedans » de soi (*intimus*), et faire front ensemble, désormais alliés, face au dehors du monde : nous sommes passés du même côté, par cet *entre* ouvert entre nous, face au fini si décevant de ce monde.

Suivant la nature du second, l'intime, s'il n'est pas visé, est *osé* ; s'il n'est pas choisi, est assumé. Il n'est pas tant lié aux dons exceptionnels, ou plutôt idéalisés, de l'Autre, tels que dans le premier amour, qu'à la résolution à laquelle nous en venons ensemble de

Une seconde vie

risquer cet intime en défaisant l'un par l'autre, dans l'*entre* ouvert entre nous, la clôture sous laquelle sinon se retient, se contient désespérément, se rabattant sur son « moi », le sujet. De là que l'*intime* est la nature même du second amour : tandis que le premier amour, même quand il cède, demeure dans le rapport de forces (ce qu'on y subit appelant sa revanche), le second amour, à l'inverse, procédant de l'intime, naît de ce qu'on a commencé d'extraire l'Autre de ce rapport de forces dont est tissé le monde ; et même de ce qu'on ne projette plus sur lui de fin ou de visée, ce que signifie le reconnaître en « sujet ». De là vient la « douceur » intime du second amour qui, se désolidarisant de la force (qui toujours est limitée), n'est pas tant d'affect que d'infini. De là aussi que – tandis que le premier amour est bruyant et théâtral, qu'il a besoin (selon la logique de besoin de la primarité) non seulement de célébrer l'Autre mais aussi de se « déclarer » (la fameuse Déclaration amoureuse), et que toujours, ne serait-ce que dans ses formulations, il est forcé – l'intime du second amour, résultatif comme il est, est discret : il n'a pas besoin de se faire valoir, il ne s'étale pas, et même la si réputée « psychologie », qui fait le fond du premier amour (encore chez Proust), ne l'intéresse pas. L'intime ne se force ni ne se demande, est pudique et non emphatique ; il ne fait que se constater : il n'a même pas besoin de se dire. Il ne cesse, en revanche, dans des « riens » du quotidien, de se laisser entendre et de passer. Il n'y a donc rien à en raconter. C'est pourquoi aussi le roman fait le récit dramatique du premier amour, mais s'arrête au seuil du second, n'ayant plus rien de saillant, plus d'événement, d'intéressant, à rapporter ; et que, sans narration, nous restons aussi sans description de l'intime du second amour : que, par suite, nous n'avons guère pensé le second amour et passons à côté de sa ressource.

On connaît bien la stratégie du premier amour – stratégie de conquête et de possession. Car c'est elle qu'on trouve décrite à qui mieux mieux dans tous les romans du monde : comment l'Homme fait « tomber » la Femme qui se défend et, finalement, se rend ou ne se rend pas. Cette stratégie est d'« attaque » et de « résistance » : elle est faite de sièges, de pièges, de marches d'approche, d'effets de surprise et de harcèlement, de déroutes et de revirements, et la victoire de l'un est aussi la défaite de l'autre. Or, parce qu'on n'a pas distingué la teneur propre au second amour, on n'a pas non plus

Une seconde vie

analysé la stratégie tout autre qu'il requiert pour déjouer la perte inéluctable à laquelle était voué le premier amour. Pour déjouer ce qu'on en appelle trop commodément (paresseusement) l'« usure » : la perte de la distance qui faisait émerger l'Autre, l'intégration de celui-ci dans mon propre horizon, la rencontre s'établissant dès lors et s'appauvrissant – se sclérosant – en « relation ». Car il s'agit, non plus de conquérir, mais d'*entretenir* : de maintenir dans son intensité, c'est-à-dire en fait dans son infinité, cet « entre » de l'intime s'ouvrant entre des sujets. Mais, tandis qu'on s'est complu à décrire la stratégie du premier amour, à en détailler les figures et la géométrie, on est resté si maladroit pour concevoir autrement que sur le mode d'un repli et d'un assagissement l'exigence d'un tel *entre-tien* : d'un entretien apparemment si modeste, mais qui ne se trouve effectivement possible que s'il est tendu par de l'infini. Tandis que la première stratégie était tournée vers (contre) l'Autre, que l'adversaire en était ostensible puisque c'était la résistance du partenaire, et qu'elle profitait de l'ambivalence du premier amour (faire céder l'autre, en triompher, mais « par amour »), la stratégie du second amour est autrement difficile, et d'abord à penser. Car elle ne peut faire fonds

Une seconde vie

de tout le savoir psychologique culturellement accumulé, celui dont se prévaut traditionnellement le romancier, mais doit affronter ce qu'est proprement – en son sens moderne, mais encore à déployer – la capacité d'« ex-ister ».

Il faudrait explorer longuement ces inventions stratégiques du second amour qui sont autant de ruses ou de parades existentielles. Telle est notamment la stratégie de ce que j'ai nommé l'« extime », puisqu'il faut empêcher que l'intime ne retombe en intimité, c'est-à-dire en essence et propriété. Puisqu'il faut empêcher que la douceur de l'intime, elle qui extrait l'Autre du rapport de forces, ne se confine bientôt en affect (en douceur affective tournant en mièvrerie) mettant trop précautionneusement la relation à l'abri, en y désamorçant la virulence du vis-à-vis. Aussi l'*ex-time* rejette-t-il ludiquement, mais violemment, l'Autre *à l'extérieur*, ce théâtral étant cette fois ostensiblement assumé. Pour le rendre à nouveau objet du désir, rouvrir une brèche à la pulsion possessive, refaire sa place à l'*eros* à l'encontre de l'*agapé*, il rejoue, dans la complicité, une agression primaire et captatrice qui fasse d'autant mieux paraître par inversion, dans cet abaissement simulé de l'Autre, faisant trou par cette impudeur dans le lissé et

Une seconde vie

l'apprêté du monde, son infinité de Sujet. Car il faut à tout prix remettre de la distance rouvrant de l'*entre*, rompre la familiarité qui nuit à la connivence en croyant la favoriser, pour que (de) l'Autre, de cet écart, en son essor, puisse à nouveau émerger. S'il passe ainsi de la séduction à la provocation, le sexuel du second amour n'est plus tant affaire de consommation, ne vise plus tant à l'assouvissement, n'est plus tant une question de « plaisir » (n'est donc plus soumis à la lassitude du désir), qu'il n'est une insurrection contre la fonctionnalité qui fait le monde, intègre en monde : un défi lancé à la dévorante capacité du « monde » de tout résorber et clore au sein du fini.

Ou tel est bien le *festif*. Pour empêcher que la durée ne s'étiole, puisqu'elle est portée d'elle-même à s'affaisser, les Amants du second amour en reviennent diligemment à la plus ancienne ruse de l'humanité – la Fête – pour désinstaller ce qui, en s'instaurant, s'installe ; ou, s'étalant, se détend et est porté par son ordre à se sédimenter. Pour ébrouer le temps menacé d'atonie, ils y creusent de l'attente – s'adonnant d'autant plus volontiers à des préparatifs qu'ils sont vigilants à ne pas reporter – et retirent ainsi la durée de la torpeur de l'étalement. Ils s'inventent à deux des

Une seconde vie

mythologies qui représentent dans des rôles et édifient en Grand récit partagé, indéfiniment repris et varié, de quoi regarder fictivement, par *dégagement,* leur existence. Ou bien ils jouent de l'Art comme d'un intermédiaire qui réactive de l'*entre* entre eux deux : regarder à deux un tableau ; ou s'enfoncer ensemble dans un paysage ou bien une musique. Car la *rencontre* est sans lieu – c'est en quoi elle se « tient hors » du monde et qu'elle fait « ex-ister » – si ce n'est cet *entre*, mais qui n'est pas de l'« être », cet entre entre-tenu dans son intensité du fait que, chacun s'y laissant déborder par l'Autre, il ne se laisse résorber d'aucun côté ; de ce qu'on n'y réduit pas l'Autre en dépendant de soi-même, autrement dit « aliéné », c'est-à-dire qu'on le maintient en Autre *rencontré.*

Aussi s'agit-il bien d'une stratégie d'« existence », stratégie discrète, feutrée, futée, non tapageuse, puisqu'il s'agit, dans et par cet *entre* intense ouvert par l'intime, de réussir ainsi à se tenir *hors,* chacun s'y laissant dé-border par l'Autre – ce qui ne se ferait par conséquent qu'à deux : hors de l'intégration dans le monde, hors de sa clôture et de sa finitude. Et d'abord hors de la réduction de la *rencontre* de l'Autre en *relation* se laissant résorber dans le monde. Mais, parce qu'on se coalise à deux dans cette

Une seconde vie

tentative d'exister, qui est retour à l'expérience conative et concertée ; qu'on s'entend intimement à deux pour déjouer la mésentente inhérente à l'Amour ; qu'on s'y relie pour faire pièce à l'instauration de la rencontre en relation perdant l'altérité, ce dont la rencontre est logiquement menacée –, voici que ce à quoi s'est trop facilement résignée la sagesse, quant à la fatale érosion de l'amour, à son « usure », est à portée d'être renversé : un second amour se dégageant de l'expérience du premier amour est effectivement possible. On n'en est plus à la célébration de ce si beau visage, idéalement photographié pour ses traits, dont se prévalait le premier amour. Mais on perçoit alors, en ce visage, tant de visages. Ou plutôt l'immensité enfouie – infinie – d'un visage est enfin apparue. Et l'on commence à se plonger dans le regard de l'Autre, lui-même en train de nous regarder, au lieu que nos yeux cherchent continuellement, décemment, prudemment, à s'éviter : en ayant alors le sentiment qu'on commence seulement de se voir, qu'auparavant on ne s'est encore jamais vus ; que tout ce qui a précédé n'était que maladroitement essai. Une *reprise* alors peut débuter.

IX – Relecture, reprise, réengagement

Quand on lit pour la première fois, on reste pendu au fil de ce qu'on lit, porté à voir ce qui suit et à tourner la page. Un *après* est en attente, qui conduit plus loin. La première lecture est toujours prospective et de repérage : c'est une lecture qui s'accroche à la crête du plus saillant, qui est aussi le plus extérieur, et ne le déploie pas. Il peut y avoir là le plaisir de la découverte, mais ce qu'on y découvre, en effet, on ne se trouve guère en mesure de le mesurer. La première fois qu'on lit un roman, on peut être aussi attentif qu'on veut à telle description, de visage ou de paysage, et même la lire aussi lentement qu'on peut, celle-ci reste seulement indicatrice et ne sert qu'à camper l'histoire. Or qu'arrive-t-il à la relecture – la troisième, quatrième, énième fois, n'étant toujours qu'une seconde fois bis ? Qu'est-ce qui

Une seconde vie

s'est creusé et reconfiguré en silence, depuis la lecture précédente – de manque, de désir, d'oubli, d'attente, de questionnement –, qui fait que ce livre, maintenant, *je le reprends*. Je peux enfin commencer de le choisir. Que s'en est-il obscurément retenu et qui a travaillé à mon insu, qui s'est ramifié et capitalisé et fait que j'y cherche maintenant plus précisément quelque chose ? Auparavant je ne pouvais savoir ce que j'en espérais et donc l'ai choisi quasiment en aveugle – tels les « choix » de la première vie. Pourquoi je le relis s'est lentement soutiré, *décanté*, au travers même de l'oubli, de ce que je l'ai déjà lu ; et s'y trouve éveillée mon attention de façon telle que, le rouvrant, j'ai le sentiment de me mettre seulement à le lire. Et même que j'en débute la lecture plus entièrement, par tout ce qui maintenant m'y prédispose, que lors du fameux « commencement ».

Car la re-lecture n'est plus pressée de tourner la page : la présente en est l'horizon suffisant. Elle n'est plus projetée de l'avant comme la première puisqu'elle n'est plus attachée à savoir ce qui suit ni comment cela finira. Elle n'est plus impatiente, mais « savourante » : elle ne peut se reposer – se reporter – sur la facilité d'aller plus loin. La relecture prend son

Une seconde vie

temps, s'attarde, est méditante – tout compte. Et même qu'il y ait eu sur la cheminée de la salle, à Yonville-l'Abbaye, un « polypier touffu s'étalant contre la glace ». Le moindre détail – que je ne pouvais pas remarquer auparavant – y devient important. Car la relecture, n'étant plus happée par la suite, prend le temps d'entrer dans l'épaisseur et la trame de chaque trait, le filigrane de chaque fait, et de s'y enfoncer. Sur fond de mémoire assoupie, celle que j'ai gardée de la fois précédente, chaque mot est appelé à ressortir : le relief est rétrospectif. C'est de ce que j'y *reviens* qu'un intérêt se détache : la re-lecture n'est pas répétition, ne reproduit pas la première, elle ne la duplique pas, mais la déploie. La description que je lisais en l'enjambant, voilà maintenant que j'y flâne. Car j'ai besoin de me représenter effectivement les choses : le bord de la rivière au bout du petit jardin et ce qu'Emma aperçoit de la fenêtre, en tirant le rideau. Tandis que la première lecture était assimilante et ramenait le texte au connu pour pouvoir le comprendre en l'intégrant, la relecture, en revanche, est plus en mesure de rendre ce texte à son étrangeté : elle a gagné en *radicalité*. Relisant, j'interroge plus profondément et retrouve plus d'initiative. Grâce au recul acquis, la relecture est plus à l'aise et plus active à la fois. Elle n'est plus primaire, à courte vue et réactive, mais elle est *dégagée*.

Quand j'ai repris, ces derniers jours, *Madame Bovary*, j'ai eu le sentiment, plus nettement encore qu'auparavant, de commencer seulement de lire ce roman. Je croyais bien connaître ce livre, mais, plus je le relis, plus je m'étonne de l'avoir si peu lu. Plus sa force enfin m'apparaît. La relecture n'est pas seulement plus radicale, allant plus au fond de ce qui apparaît alors n'avoir plus de fond, elle est aussi plus initiale. Toutes les lectures précédentes, à la fois se capitalisant et se décantant, ont préparé la capacité plus aiguë, plus aiguisée, de l'aborder : d'en faire, non plus la découverte, mais le découvrement, en retirant ce qui, tant par glissement continu – le sempiternel enchaînement des mots et des phrases – que par rabattement précipité (inquiet) dans le familier, m'empêchait d'entrer dans ce singulier. Or il en va de même de la seconde vie : c'est dans la reprise de la *seconde vie* que je commence effectivement de dé-couvrir ce que je vis, c'est-à-dire de le retirer de dessous ce qui le recouvrait par projection hâtive et normalisation visant à me rassurer. Je ne suis plus en effet dans la hâte de ce qui suit, puisque je sais maintenant

Une seconde vie

en gros quelle est la fin ; l'événementiel de la vie, de ses péripéties, ne me passionne plus. De même que la relecture n'est plus tournée vers la suite, mais prend son temps dans le présent de la page, la seconde vie n'est plus dans le *happening* et l'impatience de ce qui viendra après. Elle commence à pouvoir éprouver le moment présent pour lui-même et à le retenir (je le « retâte », je m'y « tiens », comme le disait Montaigne en son dernier essai). Non seulement elle est devenue réceptive au détail comme à l'incongru, et n'enjambe plus, mais elle s'attache à les sonder. Car plus que les événements principaux de la vie, qui sont toujours en gros la même histoire, ou plus que les vérités générales sur la vie qui ne font que ressasser le fond sempiternel de la sagesse, c'est cet infime et ce singulier qui attachent et donnent à penser – jusqu'à paraître enfin inouïs. Car je croyais connaître la vie comme je croyais connaître ce roman. Mais plus je reviens sur elle, me *reprends* en elle, plus je perçois que je n'ai fait, dans un sauve-qui-peut hasardé, que m'y repérer. À la lumière de la seconde vie, j'aperçois à quel point la vie jusqu'ici m'avait échappé.

Il faudra donc songer à sonder ce verbe si modeste : « reprendre » – ce verbe si discret,

Une seconde vie

passant inaperçu parce qu'à l'ombre du premier, mais porteur des ressources de la seconde vie. Je reprends : je reprends la lecture de ce livre. Après une pause, après l'avoir laissé de côté, après l'avoir oublié, je rouvre ce livre avec un intérêt accru par tout ce que j'y sais déjà configuré de possibles qui se trouvent maintenant mieux en capacité d'être déployés. Ou bien sur un mode réfléchi : je me reprends. Car je m'aperçois rétrospectivement que cette première fois pourrait n'être qu'un essai et je juge que je peux mieux faire, ou du moins je vais essayer. Non pas je me corrige parce que j'aurais mal fait, le jugement porté sur ce précédent étant de regret et, par là, tristement empreint de moralité. Mais je me reprends parce que je compte, confiant, sur une seconde fois. « Je me reprends » signifie que c'est parce que je sais qu'il peut y avoir une seconde fois – ou plutôt que je fais en sorte qu'il y ait cette seconde fois – qu'une promotion est possible ; et que cette fois-ci, je sais mieux – je mesure mieux – de quelle façon elle dépend de moi et comment je peux l'aborder : puisque j'en ai déjà prospecté ce qui pourrait s'y opposer de résistance et la limiter. « Je me reprends » fait davantage appel à un choix et donc à une décision de ma part et est plus concerté : je serai plus vigilant dans cette expérience à tenter parce que je compte sur ce que l'expérience déjà traversée, accumulée, a développé secrètement en moi de capacités. C'est-à-dire que je sais mieux quelles sont les difficultés à affronter et quelles sont aussi, en regard, mes ressources à mobiliser – de façon plus ajustée parce que se confrontant plus précisément à cet effectif au contact duquel je suis déjà entré. Au lieu de me laisser aller à accepter le stade atteint, je me ressaisis et hausse, au regard de ce que j'ai fait, le niveau de mon exigence. Ce verbe, il est vrai, est sans prétention. Mais il est sans remords ni résignation et même empreint d'espoir, d'espoir non pas facile mais accrédité, cautionné par ce que j'ai déjà fait : parce que je ne suis plus dans l'intentionnel projeté, mais que j'ai déjà pris pied dans cet effectif qui fait l'expérience. En quoi il est bien le verbe éthique de la seconde vie.

Encore faut-il bien distinguer la ressource spécifique de la reprise en la dissociant de ce qu'elle n'est pas. La *reprise* n'est ni relève ni répétition. La relève dit la reproduction du même, mais par un autre en charge de me relayer. La répétition dit la reproduction du même au sein du même et se valorise seulement de ce que l'identité en cause peut être

Une seconde vie

plus exactement approchée ; le gain, par l'habitude acquise, n'y est que de mise au point ; elle n'est au mieux qu'une réitération plus précise et plus appliquée. Or la reprise, quant à elle, fait entendre à la fois un retour et un décalage. C'est le même sujet qui, tentant de nouveau pour aller plus loin, peut suffisamment détacher cette fois-ci de la précédente pour pouvoir compter sur ce qui, s'étant ramifié et capitalisé durant tout ce temps passé, permet aujourd'hui un redéploiement des possibles. Ainsi en va-t-il éloquemment au théâtre. Si les répétitions s'y enchaînent pour mettre définitivement au point la pièce à jouer, la reprise de cette même pièce, en revanche, laisse entendre que, après ce temps passé où elle n'était plus jouée, on se remet à la jouer en se démarquant des lectures précédentes, c'est-à-dire en en réinterrogeant le texte à nouveaux frais, pour tenter de tirer plus radicalement parti de ses ressources. Grâce à la décantation qui s'est produite au cours de ce temps intermédiaire et qui modifie les conditions de la reprise, on peut compter sur cet effet, non de rupture, mais d'interruption – qui cependant n'en est pas une – pour retrouver une initiative vis-à-vis d'un tel texte, lui qu'on croyait si bien connaître et qui avait sombré dans la banalité.

Une seconde vie

La reprise, au théâtre, est une relecture telle qu'on n'y lit pas, la seconde fois, la même chose que la première, mais en y découvrant ce qu'on n'y avait encore jamais lu, et même qu'on n'imaginait pas qu'on pourrait y lire.

Aussi l'alternative éthique n'est-elle pas le plus élémentairement celle-ci ? N'est-elle pas, en chaque occasion : s'agira-t-il d'une *reprise* ou bien d'une répétition ? Ne s'agit-il pour moi que d'une répétition, m'enchaînant dans le même, ou bien une reprise serait-elle possible ? Si je reprends ce livre sur l'étagère, ce livre que j'ai déjà lu, est-ce que ce ne sera là que répétition parce que je ne suis pas en mesure de me décaler de la lecture précédente, que rien n'a suffisamment cheminé en moi, depuis la dernière fois, y compris d'oubli, que rien n'a suffisamment créé d'attente, mûri de nostalgie, par accumulation silencieuse, pour que je sois en mesure maintenant de mieux l'aborder ? Ou bien suis-je capable d'une reprise à son égard, grâce au recul acquis, à tout ce que j'ai traversé depuis, de sorte qu'une interrogation renaît, qu'un intérêt reprend, et même plus fort que précédemment parce que je sais mieux (« sens » mieux) ce que j'en attends ? Comme on dit qu'une plante « reprend » : qu'elle a développé de nouvelles racines et

Une seconde vie

repris vigueur ; ou simplement que « la vie reprend ». Ce nouveau jour, sera-t-il donc une reprise ou ne sera-t-il que la répétition des anciens jours ? Ou ce nouvel amour : sera-t-il une répétition compulsive, vouée au seul atavisme du désir maniaque ? Ou bien, grâce à ce que j'ai vécu d'un premier amour, serai-je capable, me détachant suffisamment de la fois passée, de tirer parti de la lucidité acquise à partir de l'expérience traversée pour conduire plus loin l'expérience osée, redevenant hardie, de ma vie ? Pour en faire un second amour, une seconde vie. Plus simplement encore (quotidiennement) : entre nous, une reprise est-elle aujourd'hui possible ? – ou sinon cette vie « à deux » ne serait que méprise. Car, tandis que la répétition vit la perte du désir et se condamne à l'ennui, la reprise, parce qu'elle ne répète pas (par ce qu'elle ne répète pas), sort de cet enfermement de la satisfaction tournant d'elle-même à la déception. Et telle est en effet la ressource du second : de ce qu'il se ré-adosse au passé, il fait d'autant mieux, en se décalant de ce qui y vire à la banalité, paraître de nouveauté.

Aussi faudra-t-il stratégiquement la *déprise* pour que soit possible la reprise ; ou remettre à distance pour de nouveau accéder. Autant

Une seconde vie

dire que reprendre n'est pas seulement la conséquence du fait d'avoir délaissé, mais peut en être le but : je délaisse en vue de pouvoir la reprise bénéficiant de ce délaissement. Je dépose ce que je suis en train de faire, je laisse de côté ce travail, je ferme maintenant ce livre – *pour* le reprendre demain. C'est pour pouvoir reprendre, en comptant sur le cheminement à mon insu, par immanence, de ce qu'on croit ainsi interrompu, que je dépose – que j'interromps – maintenant ce que j'ai engagé. Une processualité propre à l'expérience entamée relaye (relève) ainsi le moi-sujet et lui permet de *reprendre* sans *répéter*. Il revient particulièrement à Jean de nous introduire à cette conception où c'est le renoncement qui, occasionnant la reprise, permet de porter à l'accomplissement ; où c'est la cessation (volontaire) qui permet une promotion (escomptée). Encore faut-il être attentif au progrès du texte évangélique pour faire entrer dans cette pensée plus exigeante, celle-ci conduisant au bord du paradoxe comme d'un précipice (« il est fou », *mainetai* μαίνεται, dit-on alors du Christ après l'avoir écouté). Car le Christ commence à dire de façon banale, prudente parce que attendue, que, en bon pasteur, il « dépose sa vie pour ses brebis » *huper tôn probatôn* ὑπὲρ τῶν προβάτων (chap. 10). Puis, sans plus d'explication ni de transition, le Christ *reprend* ce thème en le décalant, c'est-à-dire en faisant de sa propre vie l'objet de la reprise : « la raison pour laquelle mon père m'aime, c'est que je dépose ma vie pour que je la reprenne » *hina palin labô auten* ἵνα πάλιν λάβω αὐτήν. Voilà donc que le Christ reprend lui-même son propos, met en acte verbalement la reprise, pour faire comprendre plus intérieurement, un pas plus loin (mais que ne s'est-il pas du même coup franchi ?), en quoi la reprise est ressource. Car si le Christ « dépose » sa vie, ce n'est plus, ou plus seulement, dans le but extérieur, convenu, attendu, de se sacrifier pour le bien des autres ; mais parce que la reprise devient le but interne justifiant le fait même de déposer : je (dé)pose pour pouvoir reprendre à nouveau – pour que de l'*à-nouveau* soit possible, qu'un recommencement plus radicalement ait lieu, qui soit un redéploiement.

Sous le titre de *La Reprise* (*Gjentagelsen*, traduit ordinairement en français par *La Répétition*, ce que Nelly Viallaneix a heureusement corrigé), Kierkegaard a bien fait de la reprise, « mot bien danois », la « catégorie nouvelle » qui est la catégorie existentielle par excellence. Celle-ci dit le sérieux du quotidien – de l'entrée

Une seconde vie

en contact effectif de l'expérience – entre le re-souvenir et l'espérance, sur lesquels on peut également ironiser : l'espérance est « un vêtement flambant neuf » « dont on ne sait pas, ne l'ayant jamais eu sur le dos, comment il ira » ; le re-souvenir est « un vêtement au rebut qui ne va plus... ». Mais la reprise est « le vêtement inusable, assoupli et fait au corps, qui ne gêne ni ne flotte ». Car la reprise n'est ni soumise et passive, comme le souvenir ; ni ignorante et hasardante, comme l'espérance. Elle n'est ni bloquée, plombée par le poids du passé, ni non plus inconsistante et versatile parce que projetant dans le futur à son gré. Se gardant de sombrer dans la « lâcheté » de l'une comme dans le « voluptueux » de l'autre, la reprise est la médiation effective articulant le même et l'autre. Non pas sur le mode logique et par conséquent abstrait du « surmontement » hégélien, comme surpassement par suppression intégrante (l'*Aufhebung*), mais sur un mode paradoxal (comme déjà dans Jean ?) qui seul peut exprimer ce qu'est proprement l'existence. Ainsi, à la différence du re-souvenir qui est reprise en arrière, ne pourrait-on saisir la reprise, en effet, que comme « un re-souvenir en avant » ; en même temps que, si on « ne se lasse pas de la reprise », c'est que « du nouveau

Une seconde vie

seul on se lasse »... La reprise nous juche ainsi dans cette position intenable, mais qui seule cependant est fiable, où il faut « avoir fait le tour de la vie avant de commencer à vivre », sinon on n'arrivera jamais à vivre ; mais sans non plus « en être soûlé ». Quelle issue donc espérer entre ces exigences se refermant en étau ? Or, « seul », cependant, « celui qui choisit la reprise, celui-là vit ». Ou la reprise « est la beauté de la vie ». « L'amour selon la reprise est le seul heureux. »

Dans *La Reprise*, Kierkegaard décrit comment il a lui-même tenté la reprise : retourner à Berlin une seconde fois (descendre dans le même hôtel, se rendre au même théâtre, chercher à voir la même fille...). Il fait de la reprise la trame même de son texte, ne cessant de la mettre en acte, de revenir d'un épisode à l'autre, ou bien du narratif au réflexif, et nouant le tout autour de cette question qu'il quitte à tout bout de champ pour la reprendre plus loin : une reprise est-elle effectivement possible ? Serai-je capable de la reprise ? Car Kierkegaard a bien perçu ce qui fait la valeur intrinsèque de la reprise : que la vie dans son mouvement même est « reprise » et, plus encore, que c'est la reprise qui, par sa réitération altérée, fait « résonner » la vie en tant

Une seconde vie

qu'« existence ». Surtout a-t-il entrevu que la reprise est la vertu du second, ou comment elle est la « seconde puissance de la conscience ». Néanmoins Kierkegaard a raté ce qui fait la possibilité de la reprise. Il l'a « raté » parce qu'il a de nouveau rangé la *reprise* sous l'autorité de la *rupture*. Parce que, comme toute la tradition métaphysique avant lui, il n'a conçu de déploiement de la vie qu'en cédant à la trop facile représentation de la Coupure, tranchant abruptement entre des stades de vie, isolés en des « sphères » ; et non pas sur le mode d'un infléchissement discret et de sa *pliure* : à la façon d'un « saut » d'un ordre à l'autre, par conséquent, et non d'un décalage progressif par décantation et dégagement de l'expérience traversée. Aussi, parce qu'il a méconnu le statut de la vérité *décantée*, décelée et lentement élucidée ; qu'il reste, en philosophe, sous le prestige de la vérité *démontrée*, déduite-argumentée, à laquelle uniquement peut échapper son renversement religieux dans le mystère de l'absurde, cet irrationnel sauvant seul de la rationalité factice, voici que Kierkegaard n'a pu envisager de reprise véritable que sur le mode de la *conversion* précipitant dans la foi dans une « autre vie », la vie « éternelle » ; et non sur celui d'une *promotion interne*

Une seconde vie

à l'existence elle-même débouchant sur une *seconde* vie.

Le même jour où il publie *La Reprise* (avec en sous-titre : « Un essai de psychologie d'expérience »), Kierkegaard fait paraître *Crainte et tremblement* (le sacrifice d'Abraham) et *Trois discours édifiants* (la vie selon l'Évangile), ces trois textes dressant les trois étapes menant à la vie religieuse par déchirure et arrachement. Aussi, parce qu'elle est la rupture décisive sur ce chemin de la conversion, la reprise est-elle l'œuvre de la « transcendance » opérant par disjonction de plans, l'« éternel » faisant irruption dans le « temporel », ou l'« idéal » dans le « réel » : elle ne peut procéder, par immanence, du déroulement interne à l'existence elle-même, celle-ci portant alors à renverser, de façon de plus en plus choisie, l'expérience capitalisée (du second type) en expérience conative (du premier type) qui ose à nouveau tenter, s'affrontant mieux à la limite parce que de façon plus concertée. Aussi le processuel de l'expérience est perdu. Dès lors, l'« expérience » en cause ne peut-elle plus être l'expérience ordinaire, accumulée, portant à la lucidité ; mais seulement l'« épreuve » inouïe (celle de Job évoquée au cœur de *La Reprise*), absolument injustifiée et même injustifiable, et

Une seconde vie

faisant sortir de tout cadre rationnel au nom d'une Vérité enfin révélée, celle de l'incommensurabilité divine et de la Réconciliation espérée. Ou bien celle-là même de Kierkegaard qui, tel le personnage incapable de devenir époux (« si je l'épouse, je la brise ») qu'il met en scène dans *La Reprise*, apprend soudain que la fiancée qu'il a délaissée vient de se marier… – ce pourquoi il écrit *La Reprise*. Aussi Kierkegaard trahit-il la nature du *second* qu'il avait aperçue, revenant, sous la trop facile représentation de la Coupure, au grand mythe de la Renaissance que j'ai pointé en commençant : l'homme métamorphosé par la Reprise est une nouvelle créature qui, « née de chair et de sang », renaît devant Dieu « d'eau et d'esprit ». De là que, sous la figure absolutisée de la Reprise qu'est, dans l'histoire du Salut, le mystère de l'Incarnation, il faudra « croire » à la reprise. Pour penser la promotion de l'existence est ainsi sacrifiée la continuité phénoménale de l'expérience au profit d'un Nouveau projeté de façon magique.

La reprise effective, ne décollant pas de l'éthique, n'a pas à conduire à la conversion. Mais, se dégageant de la vie passée, elle conduit au *ré-engagement* de la seconde vie. Car l'expérience silencieusement accumulée et ramifiée

Une seconde vie

de ce qui devient à distance, par détachement, une « première » vie s'y renverse elle-même sans grand Événement, sans miracle, en ressource de la seconde vie d'oser plus radicalement – plus extrêmement – la vie. La vie peut, s'y reprenant, se déployer en existence, c'est-à-dire en capacité de se tenir hors, *hors* des limites et des définitions projetées sur la vie, celles à l'intérieur desquelles se tient complaisamment la sagesse, pour ouvrir la vie en *possibilité* que ne contient aucune « essence » et dont rien ne peut préjuger – ce que signifie proprement, dans son sens à promouvoir, « exister ». La vie, non seulement se reliant, mais aussi se relisant au fur et à mesure de son avancée, aboutit, non pas à une re-naissance, mais à une vie réformée. La liberté que l'« engagement » postulait naguère encore sur un mode métaphysique y trouve dès lors sa condition, non plus décrétée, mais décelée du dedans même de l'existence commençant de sélectivement choisir, avec plus de lucidité.

Car cet « engagement » devenant le *ré-engagement* de la seconde vie n'y est plus alors, y compris dans son rapport au politique, cet idéal projeté, auto-proclamé, et tellement arbitraire dans ses choix bruyamment assenés et déviant si facilement en « posture ». Mais il peut,

Une seconde vie

revenant sur ses choix passés, commencer de se *désidéologiser*. Le dégagement marquant le début de la seconde vie ouvre un écart, par le décalage amorcé, d'où se démarque peu à peu et se conquiert ce qui *devient* une position philosophique – « position » si lente à venir et s'entendant à l'encontre du positionnement qui, lui, se décide habilement eu égard à la bien-pensance idéologique ainsi qu'au marché des idées. Car une *position* philosophique ne s'obtient qu'à l'antipode de la posture et de son imposture, ne s'atteint que par *réforme* progressive et *reprise* assumée. *Nascitur poeta*, apprenait-on dans la grammaire latine, *fit philosophus* : si l'on « naît poète », on devient, on se fait, c'est-à-dire on se *reprend* philosophe. Et c'est seulement dans ce recommencement de la reprise qu'on commence de pouvoir effectivement commencer.

Finale

J'ai laissé ce texte reposer quelque temps avant de le reprendre. Il s'agissait bien de pratiquer expérimentalement la « reprise » : de la poser comme but et d'en mesurer l'effet. De pouvoir revenir sur ces pages, après les avoir quelque peu oubliées, pour considérer ce qui avait depuis cheminé en silence – entre elles et moi – et qui pourrait maintenant être poussé plus loin. Mais s'est-il toujours agi, ce faisant, de reprise ? N'ai-je pas fait trop souvent, me relisant, que me répéter ? Les avais-je suffisamment délaissées, en avais-je suffisamment éprouvé l'insuffisance ? Avais-je acquis suffisamment de distance à leur égard pour retrouver prise sur elles et pouvoir à nouveau y progresser ? De fait, m'étais-je suffisamment décalé de ce livre pour être entré dans un second *temps me permettant effectivement de le reprendre ? Ou peut-être, avec plus de recul, ne l'aurais-je plus repris ?... Il n'empêche qu'il suffit*

Une seconde vie

d'une légère dissonance, à peine remarquée, d'un terme qu'on sent, en passant, moins assumé, pour qu'on puisse, s'arrêtant soudain de relire, se recaler dans la phrase, reprendre pied dans sa pensée et commencer de réécrire. À partir d'une insatisfaction minime, il devient alors possible de ré-envisager la phrase, ou bien la page, au point que la nécessité d'une rectification devient criante : on pourra mieux, cette fois, en dégager *le mouvement et la portée.*

On est surpris, en effet, en mettant ainsi une seconde fois la main à son texte, de ce qu'une modification aussi réduite ait suffi alors à faire ré-émerger le sens, ait pu redonner son essor à la phrase, la sortir de son « enlisement ». La défaillance ou la limite qu'on ne repérait même pas auparavant s'en trouve, soudain, en même temps aperçue et dépassée. Réécrire aussi, à l'évidence, est éthique. Il en va du second état possible d'un texte comme d'un second temps possible de sa vie, ou, disons, de la possibilité d'une seconde vie. Car la reprise *appelle dans son mouvement la* réforme. *Plutôt que d'annoncer changer sa vie sur un mode projeté et théâtral, c'est à partir des petits décalages vis-à-vis de sa vie passée, qui vont s'accumulant, mais aussi qu'on prend davantage soin de remarquer, que quelque chose comme une Réforme, un jour, peut effectivement débuter. Il faut trouver à s'insérer, en effet, dans cette contradiction majeure : rompre d'un coup est impossible – on ne*

Une seconde vie

peut se fier à la commodité de la Coupure – et, en même temps, il faut bien là une résolution qui s'inscrive dans le temps et fasse événement. Or jusqu'à quel point peut-il y avoir événement dans la vie, mais procédant de la vie même ? Au point qu'une telle réforme ne soit plus projetée de façon arbitraire, mais commence de devenir effectivement possible : qu'il serve à quelque chose de s'enfermer seul dans son poêle, ainsi que l'a fait Descartes ? Au moins une fois en sa vie... « *Je me suis décidé enfin...* », *dit aussi Spinoza au début de la* Réforme de l'entendement *: la reprise correctrice (l'*emendatio*) peut commencer. Ou bien Rousseau :* « *tout m'obligeait à cette grande revue dont je sentais depuis longtemps le besoin* »... *La réforme de la vie et la réforme de l'esprit, en effet, ne se séparent pas.*

Rousseau d'ailleurs, ce faisant, joue avec la question décisive. Car il se plaît d'abord à répéter le lieu commun des moralistes en sentences qu'il sait bien frapper : « *Avant qu'on ait obtenu tout cet acquis par des leçons si tardives, l'à-propos d'en user se passe* » (« *Troisième promenade* »). « *Est-il temps, au moment qu'il faut mourir, d'apprendre comment on aurait dû vivre ?* » *Ou bien encore :* « *Que sert d'apprendre à mieux conduire son char quand on est au bout de la carrière ?* » *Mais, corrige-t-il aussitôt, se tirant de ce piège et de ce lamento :* « *Je me suis dit tout cela quand il était temps de me le dire...* » *Ces*

Une seconde vie

réflexions, je les ai faites à temps. *Non pas trop tard – la philosophie se lève tard, comme on sait – mais maintenant. Car* « *si j'attends encore* », *je n'aurai bientôt plus* « *l'usage de toutes mes forces* »… *Aussi j'exécutai ce projet de réforme* « *lentement et à diverses reprises* ». « *Je persistai : pour la première fois de ma vie, j'eu du courage.* »

Car on peut, à partir des petits décalages aperçus dans sa vie, décider lentement *de réformer sa vie ou bien, sinon, laisser sa vie continuer son cours et ne cesser de reporter. Il y a là alternative et, par conséquent, clivage, en quoi c'est bien là, finalement, le choix éthique. Car on peut déployer pas à pas sa liberté – elle qui n'est pas octroyée d'emblée – par des infléchissements de plus en plus résolus, réfléchis à partir de sa vie passée, ou bien l'on peut demeurer naïvement dans l'illusion de choisir, sans avoir commencé de s'en donner la capacité. Ainsi peut-on, dégageant sa vie,* « *se maintenir hors* » *de la clôturation du monde, et ce en demeurant dans le monde – proprement* « *ex-ister* » *–* ou bien *on peut laisser sa vie s'enliser et s'emmurer sous l'horizon bas de ce qui fait monde. Il y a les vies qui* se reprennent, *les vies réformées, et les autres. Car nos vies se mesurent, non pas tant à la capacité de supporter les malheurs qui les frappent du dehors, sur un mode stoïcien tant célébré, qu'à la capacité de garder les yeux le plus longtemps ouverts sur le*

Une seconde vie

négatif interne à la vie même, mais aussi activant la vie. Et ce sans compensation ni substitution, d'où vient la lucidité, pour y trouver l'appui d'une relance de la vie ou ce qui constitue la possibilité *d'une seconde vie. Pour pouvoir enfin un matin, quand on tire le rideau de sa fenêtre, qu'on regarde la maison d'en face et la rue, commencer de voir se lever, du fond même de la nuit, ce que* peut être *un matin. Un matin « de plus », mais émergeant du monde, tout en procédant du monde, et tel qu'on ne l'avait encore jamais aperçu.*

Table des matières

Avertissement 9

- I. Nouveau début ? 13
- II. Des vérités décantées 25
- III. Nature du second 39
- IV. Ni vieillesse ni sagesse 55
- V. De l'expérience 73
- VI. Lucidité 95
- VII. Dégagement 115
- VIII. Second amour 139
- IX. Relecture, reprise, réengagement 161

Finale 181

DU MÊME AUTEUR

LU XUN, ÉCRITURE ET RÉVOLUTION, *Presses de l'École normale supérieure*, 1979.

LA VALEUR ALLUSIVE. Des catégories originales de l'interprétation poétique dans la tradition chinoise, *École française d'Extrême-Orient*, 1985, rééd. PUF, « Quadrige », 2002.

LA CHAÎNE ET LA TRAME. Du canonique, de l'imaginaire et de l'ordre du texte en Chine, *rééd. PUF*, « Quadrige », 2004.

PROCÈS OU CRÉATION. Une introduction à la pensée des lettrés chinois, *Seuil*, « Des travaux », 1989, rééd. *Le Livre de Poche*, « Biblio », 1996.

ÉLOGE DE LA FADEUR. *Philippe Picquier*, 1991, rééd. *Le Livre de Poche*, « Biblio », 1993, 2004.

LA PROPENSION DES CHOSES. Pour une histoire de l'efficacité en Chine, *Seuil*, « Des travaux », 1992, et « Points essais », n° 493, 2003.

FIGURES DE L'IMMANENCE. Pour une lecture philosophique du *Yiking*, le « Classique du changement », *Grasset*, 1993, rééd. *Le Livre de Poche*, « Biblio », 1995, rééd. *Seuil*, « Points essais », 2012.

LE DÉTOUR ET L'ACCÈS. Stratégies du sens en Chine, en Grèce, *Grasset*, 1995, rééd. *Le Livre de Poche*, « Biblio », 1997, *Seuil*, « Points essais », n° 640, 2010.

FONDER LA MORALE. Dialogue de Mencius avec un philosophe des Lumières, *Grasset*, *1995*, *rééd*. Dialogue sur la morale, *Le Livre de Poche*, « *Biblio* », *1998*.

TRAITÉ DE L'EFFICACITÉ, *Grasset*, *1997*, *rééd*. *Le Livre de Poche*, « *Biblio* », *2002*.

UN SAGE EST SANS IDÉE. Ou l'autre de la philosophie, *Seuil*, « *L'Ordre philosophique* », *1998*, *rééd*. *Seuil*, « *Points essais* », *2013*.

DE L'ESSENCE OU DU NU, photographies de Ralph Gibson, *Seuil*, *2000*, *rééd*. Le Nu impossible, *Seuil*, « *Points essais* », *n° 529*, *2005*.

DU « TEMPS ». Éléments d'une philosophie du vivre, *Grasset*, « *Le Collège de philosophie* », *2001*, *rééd*. *Le Livre de Poche*, « *Biblio* », *2012*.

LA GRANDE IMAGE N'A PAS DE FORME. Ou du non-objet par la peinture, *Seuil*, « *L'Ordre philosophique* », *2003*, et « *Points essais* », *n° 619*, *2009*.

L'OMBRE AU TABLEAU. Du mal ou du négatif, *Seuil*, *2004*, *rééd*. Du mal/Du négatif, « *Points essais* », *n° 551*, *2006*.

NOURRIR SA VIE. À l'écart du bonheur, *Seuil*, *2005*, *rééd*. *Seuil*, « *Points essais* », *2015*.

CONFÉRENCE SUR L'EFFICACITÉ, *PUF*, « *Libelles* », *2005*.

SI PARLER VA SANS DIRE. Du *logos* et d'autres ressources, *Seuil*, « *L'Ordre philosophique* », *2006*.

CHEMIN FAISANT. Connaître la Chine, relancer la philosophie. Réplique à***, *Seuil*, « *L'Ordre philosophique* », *2007*.

DE L'UNIVERSEL, DE L'UNIFORME, DU COMMUN ET DU DIALOGUE ENTRE LES CULTURES, *Fayard*, *2008*, *Seuil*, « *Points essais* », *2011*.

LES TRANSFORMATIONS SILENCIEUSES, *Grasset*, *2009*, *rééd*. *Le Livre de Poche*, « *Biblio* », *2010*.

L'INVENTION DE L'IDÉAL ET LE DESTIN DE L'EUROPE, *Seuil*, *2009*.

LE PONT DES SINGES. De la diversité à venir, *Galilée, 2010.*

CETTE ÉTRANGE IDÉE DU BEAU, *Grasset, 2010, rééd. Le Livre de Poche, « Biblio », 2011.*

PHILOSOPHIE DU VIVRE, *Gallimard, 2011, rééd. Folio essais, 2015.*

ENTRER DANS UNE PENSÉE OU DES POSSIBLES DE L'ESPRIT, *Gallimard, 2012.*

CINQ CONCEPTS PROPOSÉS À LA PSYCHANALYSE, *Grasset, 2012, rééd. Le Livre de Poche, « Biblio », 2013, rééd. Le Livre de Poche, « Biblio », 2014.*

L'ÉCART ET L'ENTRE, *Galilée, 2012.*

DE L'INTIME. Loin du bruyant Amour, *Grasset, 2013, rééd. Le Livre de Poche, « Biblio », 2014.*

VIVRE DE PAYSAGE ou l'impensé de la raison, *Gallimard, 2014.*

DE L'ÊTRE AU VIVRE. Lexique euro-chinois de la pensée, *Gallimard, 2015.*

PRÈS D'ELLE, présence opaque, présence intime, *Galilée, 2016.*

Cet ouvrage a été imprimé en France
par CPI Bussière
pour le compte des éditions Grasset
en juillet 2017

*Composition et mise en pages
Nord Compo à Villeneuve-d'Ascq*

N° d'édition : 20016 – N° d'impression : 2030898
Première édition, dépôt légal : janvier 2017
Nouveau tirage, dépôt légal : juillet 2017